断鸿零雁记·碎簪记

苏曼殊 著

北方联合出版传媒(集团)股份有限公司
万卷出版公司

© 苏曼殊 2015

图书在版编目（ＣＩＰ）数据

断鸿零雁记·碎簪记 / 苏曼殊著 . -- 沈阳：万卷
出版公司，2015.6（2023.5 重印）
　　（轻阅读）
　　ISBN 978-7-5470-3629-7

　　Ⅰ.①断… Ⅱ.①苏… Ⅲ.①小说集 – 中国 – 现代
Ⅳ.① I246

中国版本图书馆 CIP 数据核字 (2015) 第 068731 号

出 品 人：王维良
出版发行：北方联合出版传媒（集团）股份有限公司
　　　　　万卷出版公司
　　　　　（地址：沈阳市和平区十一纬路 29 号　邮编：110003）
印 刷 者：三河市双升印务有限公司
经 销 者：全国新华书店
幅面尺寸：150mm × 215mm
字　　数：110 千字
印　　张：10.5
出版时间：2015 年 6 月第 1 版
印刷时间：2023 年 5 月第 2 次印刷
责任编辑：胡 利
责任校对：张 莹
封面设计：王晓芳
内文制作：王晓芳
ISBN 978-7-5470-3629-7
定　　价：49.00 元
联系电话：024-23284090
传　　真：024-23284448

常年法律顾问：王 伟　版权所有　侵权必究　举报电话：024-23284090
如有印装质量问题，请与印刷厂联系。　　　　联系电话：0316-3651539

序 言

年少读书，老师总以"生而有涯，学而无涯"相勉励，意思是知识无限而人生有限，我们少年郎更得珍惜时光好好学习。后来读书多了，才知庄子的箴言还有后半句："以有涯随无涯，殆已！"顿感一代宗师的见识毕竟非一般学究夫子可比。

一代美学家、教育家朱光潜老先生也曾说："书是读不尽的，就读尽也是无用。"理由是"多读一本没有价值的书，便丧失可读一本有价值的书的时间和精力"，可见"英雄所见略同"。

当代人的生活节奏越来越快，很多人感慨抽出时间来读书俨然成为一种奢侈。既然我们能够用来读书的时间越来越宝贵，而且实际上也并非每本书都值得一读，那么如何从浩瀚的书海中挑出真正适合自己的好书，就成为一项重要且必不可少的工作。于是，我们编纂了这套"轻阅读"书系，希望以一愚之得为广大书友们做一些粗浅的筛选工作。

本辑"轻阅读"主要甄选的是民国诸位大师、文豪的著作，兼选了部分同一时期"西学东渐"引入国内的外国名著。我们之所以选择这个时期的作品作为我们这套书系的第一辑，原因几乎是不言而喻的——这个时期是中国学术史上一个大时代，只有春秋战国等少数几个时代可以与之媲美，而且这个时代创造或引进的思想、文化、学术、文学至今对当代人还有着深远的影响。

当然，己所欲者，强施于人也是不好的，我们无意去做一个惹人生厌的、给人"填鸭"的酸腐夫子。虽然我们相信，这里面的每一本书都能撼动您的心灵，启发您的思想，但我们更信任读者您的自主判断，这么一大套书系大可不必读尽。若是功力不够，勉强读尽只怕也难以调和、消化。崇敬慷慨激昂的闻一多的读者未必也欣赏郁达夫的颓废浪漫；听完《猛回头》《警世钟》等铿锵澎湃的革命号角，再来朗读《翡冷翠的一夜》等"吴侬软语"也不是一个味儿。

读书是一件惬意的事，强制约束大不如随心所欲。偷得浮生半日闲，泡一杯清茶，拉一把藤椅，在家中阳光最充足的所在静静地读一本好书，聆听过往大师们穿越时空的凌云舒语，岂不快哉？

周志云

目　录

断鸿零雁记

第一章

　　百越有金瓯山者，滨海之南，巍然矗立。每值天朗无云，山麓葱翠间，红瓦鳞鳞，隐约可辨，盖海云古刹在焉。相传宋亡之际，陆秀夫既抱幼帝殉国崖山，有遗老遁迹于斯，祝发为僧，昼夜向天呼号，冀招大行皇帝之灵。故至今日，遥望山岭，云气葱郁；或时闻潮水悲嘶，尤使人欷歔凭吊，不堪回首。今吾述刹中宝盖金幢，俱为古物。池流清净，松柏蔚然。住僧数十，威仪齐肃，器钵无声。岁岁经冬传戒，顾入山求戒者寥寥，以是山羊肠峻险，登之殊艰故也。

　　一日凌晨，钟声徐发，余倚刹角危楼，看天际沙鸥明灭。是时已入冬令，海风逼人于千里之外。读吾书者识之，此日为余三戒俱足之日。计余居此，忽忽三旬，今日可下山面吾师。后此扫叶焚香，送我流年，亦复何憾？如是思维，不觉堕泪，叹曰："人皆谓我无母，我岂真无母耶？否，否。余自养父见背，虽茕茕一身，然常于风动树梢，零雨连绵，百静之中，隐约微闻慈母唤我之声。顾声从何来，余心且不自明，

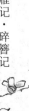

恒结凝想耳。"继又叹曰："吾母生我，胡弗使我一见？亦知儿身世飘零，至于斯极耶？"

此时晴波旷邈，光景奇丽。余遂披袈裟，随同戒者三十六人，双手捧香鱼贯而行。升大殿已，鹄立左右。四山长老云集。《香赞》既阕，万籁无声。少选有尊证阇黎以悲紧之音唱曰："求戒行人，向天三拜，以报父母养育之恩。"

余斯时泪如绠縻，莫能仰视，同戒者亦哽咽不能止。既而礼毕，诸长老一一来相劝勉曰："善哉大德！慧根深厚，愿力壮严。此去谨侍亲师，异日灵山会上，拈花相笑。"

余聆其音，慈悲哀愍，遂顶礼受牒，收泪拜辞诸长老，徐徐下山。夹道枯柯，已无宿叶，悲凉境地，唯见樵夫出没，然彼焉知方外之人，亦有难言之恫？此章为吾书发凡，均纪实也。

第二章

　　余既辞海云寺，即驻荒村静室，经行侍师而外，日以泪珠拭面耳。吾师视余年幼，固已怜之。顾吾师虽慈蔼，不足以杀吾悲。读者试思，余殆极人世之至戚者矣！

　　一日，余以师命下乡化米，量之可十余斤，负之行，思觅投宿之所。忽有强者自远而来，将余米囊夺去。余付之一叹。尔时天已薄暮，彳亍独行，至海边，已不辨道路。徘徊久之，就沙滩小憩，而骇浪遽起，四顾昏黑。余踌躇间，遥见海面火光如豆，知有渔舟经此，遂疾声呼曰："请渔翁来，余欲渡耳。"

　　已而火光渐大，知舟已迎面至，余心殊慰。未几，舟果傍岸。渔人询余何往。曰："余为波罗村寺僧，今失道至此，幸翁助我。"

　　渔人摇手曰："乌？是何言？余舟将以捕鱼易利，安能载尔贫僧？"

　　言毕，登舟驶去。余莫审所适，怅然涕下。忽耳畔微闻犬吠声，余念是间，殆有村落，遂循草径行。渐前，有古庙，就之，中悬渔灯，余入蜷卧石上。俄闻户外足音，余整衣起，瞥见一童子匆匆入。余曰："小子何之？"

童子手持竹笼数事示余曰："吾操业至劳，夜已深矣，吾犹匿颓垣败壁，或幽岩密菁间，类偷儿行径者，盖为此唧唧者耳，不亦大可哀耶？"

余曰："少年英俊，胡为业此屑小事？"

童子太息曰："吾家固有花圃，吾日间挑花以售富人，富人倍吝，故所入滋微，不足以养吾慈母。慈母老矣，试思吾为人子，安可勿尽心以娱其晚景？此吾所以不避艰辛，而兼业此。虽然，吾母尚不之知，否则亦必尼吾如是。吾前日见庙侧有蟋蟀跨蜈蚣者，候此已两夜，尚未得也。天乎！使此微虫早落吾手，待邻村墟期，必得善价，当为慈母市羊裘一领，使老母虽于冬深之日，犹在春温。小子之心，如是慰矣！吾岂荒伧市侩，尽日孳孳爱钱而不爱命者耶？"

余聆小子言，不禁有所感触，泫然泪下。童子相余顶，从容曰："敢问师奚为露宿于是？"

余视童貌甚庄肃，一一告以所遇。童子慨然曰："师苦矣！寒舍尚有空阃，此去不远，请从我归；否则村人固凶恣，诬师为贼，且不堪也。"

余感此童诚实，诺之，遂行。俄入村，至一宅。童子辟扉，复自阖之，导余曲折度回廊。苑内百花，暗香沁鼻。既忽微闻老人语曰："潮儿今日归何晚？"

余谛听之，奇哉，奇哉，此人声音也！及至听事，则赫然余乳媪在焉。

第三章

　　余礼乳媪既毕，悲喜交并。媪一一究吾行止，乃命余坐，谛视余面，即以手拊额，沉思久之，凄然曰："伤哉，三郎也！设吾今日犹在彼家，即尔胡至沦入空界？计吾依夫人之侧，不过三年，为时虽短，然夫人以慈爱为怀，视我良厚。一别夫人，悠悠十数载，乃至于今，吾每饭犹能不忘夫人爱顾之心。先是夫人行后，彼家人虽遇我恶薄，吾但顺受之，盖吾感夫人恩德，良不忍离三郎而去。迨尔父执去世之时，吾中心戚戚，方谓三郎孤寒无依，欲驰书白夫人，使尔东归，离彼獝獠。讵料彼妇侦知，逢其蕴怒，即以藤鞭我。斯时吾亦不欲与之言人道矣。纵情挞已，即摈我归。"

　　媪言至此，声泪俱下。斯时余方寸悲惨已极，顾亦不知所以慰吾乳媪，唯泪涌如泉，相对无语。余忽心念乳媪以四十许人，触此愤悒，宁人所堪？遂强颜慰之曰："媪毋伤。媪育我今已成立，此恩此德，感戴何可言宣？余虽心冷空门，今兹幸逢吾媪，藉通吾骨肉消息，否即碧落黄泉，无相见之

断鸿零雁记 · 碎簪记

日。以此思之，不亦彼苍尚有灵耶？余在幼龄，恒知吾母尚存，第百思莫审居何许，且为谁氏。今吾媪所称夫人者，得非余生身阿母？奚为任我孑孑一身，飘摇悲苦，都弗之问？媪试语我，以吾身世究如何者。"

媪既收泪，面余言曰："三郎居，吾语尔吾为村人女，世居于斯，牧畜为业。既嫁，随吾夫子，日出而作，日入而息，其乐无极，宁识人间有是非忧患？村家夫妇，如水流年。吾三十，而吾夫子不幸短命死矣！仅遗稚子，即潮儿也。是后家计日困，平生亲友，咸视吾母子为路人。斯时吾始悟世变，怆然于中，四顾茫茫，其谁诉耶？

"一日，拾穗村边，忽有古装夫人，珊珊来至吾前，谓曰：'子似重有忧者。'因详叩吾况，吾一一答之。遂蒙夫人怜而招我，为三郎乳媪。古装夫人者，诚三郎生母，盖夫人为日本产，衣制悉从吾国古代。此吾见夫人后，始习闻之。

"'三郎'即夫人命尔名也。尝闻之夫人，尔呱呱堕地，无几月，即生父见背。尔生父宗郎，旧为江户名族，生平肝胆照人，为里党所推。后此夫人综览季世，渐入浇漓。思携尔托根上国，故挈尔身于父执为义子，使尔离绝岛民根性，冀尔长进为人中龙也。明知兹事有干国律，然慈母爱子之心，无所不至，乃亲自抱尔潜行来游吾国，侨居三年。忽一日，夫人诏我曰：'我东归矣，尔其珍重！'复手指三郎，凄声寒泪曰：'是儿生也不辰，媪其善视之，吾必不忘尔赐。'语已，手书地址付余，嘱勿遗失。故吾今尚珍藏旧籢之中。

"当是时，吾感泣不置。夫人且赐我百金；顾今日此金虽尽，而吾感激之私，无能尽也。尤忆夫人束装之先一夕，一一为贮小影于尔果罐之中，衣箧之内，冀尔稍长，不忘见阿母容仪，用意至为凄恻。谁知夫人行后，彼家人悉检毁之。嗣后，夫人尝三致书于余，并寄我以金，均由彼妇收没。又以吾详知夫人身世，且深爱三郎，怒我固作是态，以形其寡德，怨毒之因，由斯而发。甚矣哉，人与猛兽，直一线之分耳！吾既见摈之后，彼即诡言夫人已葬鱼腹，故亲友邻舍，咸目尔为无母之儿，弗之闻问。迹彼肺肝，盖防尔长大，思归依阿娘耳。嗟乎！既取人子，复暴遇之，吾百思不解彼妇前生，是何毒物？苍天苍天！吾岂怨毒他人者哉？今为是言者，所以惩悍妇耳。尔父执为人诚实，恒念尔生父于彼有恩，视尔犹如己出。谁料尔父执辞世不旋踵。而彼妇初心顿变耶？至尔无知小子，受待之苛，莫可伦比。顾尔今亭亭玉立，别来无恙；吾亦老矣，不应对尔絮絮出之，以存忠厚。虽然，今丁末造，我在行吾忠厚，人则在在居心陷我，此理互相消长。世态如斯，可胜浩叹！"吾媪言已，垂头太息。

少须，媪尚欲有言。斯时余满胸愁绪，波谲云诡。顾既审吾生母消息，不愿多询往事，更无暇自悲身世，遂从容启媪曰："今夜深矣，媪且安寝。余行将孑身以寻阿母，望吾媪千万勿过伤悲。天下事正复谁料？媪视我与潮儿，岂没世而名不称者耶？"

既而媪忽仰首，且抚余肩曰："伤哉，不图三郎羸瘠至于斯极！尔今须就寝。后此且住吾家，徐图东归，寻觅尔母。吾时时犹梦古装夫人，旁皇于东海之滨，盼三郎归也。三郎，尔尚有阿姊义妹，娇随娘侧。尔亦将闻阿娘唤尔之声。老身已矣，行将就木，弗克再会夫人。但愿苍苍者，必有以加庇夫人耳。"

翌晨，阳光灿烂，余思往事，历历犹在心头。读者试思，余昨宵乌能成寐？斯时郁伊无极，即起披衣出庐四瞩，柳瘦于骨，山容萧然矣。继今以后，余居乳媪家，日与潮儿弄艇投竿于荒江烟雨之中，或骑牛村外。幽恨万千，不白知其消散于晚风长笛间也。

第四章

一日薄暮，荒村风雪，萧萧彻骨，余与潮儿方自后山负薪以归。甫入门，见吾乳媪背炉兀坐，手缝旧衲，闻吾等声气，即仰首视余曰："劳哉，小子，吾见尔滋慰。尔两人且歇，待我燃烛出鲜鱼热饭，偕尔晚膳。吾家去湖不远，鱼甚鲜美，价亦不昂，村居胜城市多矣。"

余与潮儿即将蓑笠除下，与媪共饭，为况乐甚。少选，饭罢，媪面余言曰："吾今日见三郎荷薪，心殊未忍，以尔屡躯，今后勿复如是。此粗重工夫，潮儿可为吾助。今吾为尔计，尔须静听吾言。吾家花圃，在三春佳日，群芳甚盛。今已冬深，明岁春归时，尔朝携花出售，日中即为我稍理亭苑可耳。花资虽薄，然吾能为尔积聚，迄二三年后，定能敷尔东归之费，舍此计无所出。三郎，尔意云何？"

余曰："善，均如媪言。"

媪续曰："三郎，尔先在江户固为公子，出必肥马轻裘，今兹暂作花佣，亦殊异事。虽然，尔异日东归，仍为千金之

断鸿零雁记·碎簪记

· 11 ·

子，谁复呼尔为鬻花郎耶？"

余听至此，注视吾媪慈颜，一笑如春温焉。

岁月不居，春序忽至。余自是遵吾乳媪之命，每日凌晨作牧奴装，携花出售，每晨只经三四村落。余左手携花筐，右手持竹竿，顶戴渔父之笠，盖防人知我为比丘也。踽踽道中，状殊羞涩。见买花者，女子为最多，次则村妪耳。计余每日得钱可二三百。如是者弥月矣。

一日，余方独行前村，天忽阴晦，小雨溟蒙，沾余衣袂。此日为清明前二日，家家部署扫墓之事，故沿道无人。但有雨声清沥愁人而已。余纤道徐行，至一屋角，细柳之下，枯立小憩。忽睹前垣碧纱窗内，有女郎新装临眺，容华绝代，而玉颜带肃，涌现殷忧之兆。迨余旁睇，瞬然已杳。俄而雨止，天朗气清，新绿照眼。余方欲行，前屋侧扉已启，又见一女子匆遽出而礼余，嗫嚅言曰："恕奴失礼。请问若从何方至此？为谁氏子？以若年华，奚至业是？若岂不识韶光一逝，悔无及耶？请详答我。"

余聆其言，心念彼女慧甚，无村竖态；但奚为盘问，一若算命先生也者？殆故探吾行止，抑有他因耶？余惟僵立，心殊弗释，亦莫审所以为对。

良久，彼女复曰："吾之所以唐突者，乃受吾家女公子命，嘱必如是探问。吾女公子情性幽静无伦，未尝共生人言语，顾今如此者，盖听若卖花声里，含酸梗余音。今晨女公子且见若于窗外，即审若身世，固非荒凉。若得毋怪我语无伦次？若非'河合'其姓、'三郎'其名者耶？"

余骤闻其言，愕极欲奔。继思彼辈殆非为害于余，即漫声应之曰："诚然。余亟于东归寻母，不得不业此耳。尚望子勿泄于人，则余受恩不浅矣。"

女重礼余，言曰："谨受教。先生且自珍重！明晨请再莅此，待我复命女公子也。"

余自是心绪潮涌，遂怏怏以归。

断鸿零雁记·碎簪记

第五章

　　明日天气阴沉，较诸昨日为甚。迄余晨起，觉方寸中仓皇无主，以须臾即赴名姝之约耳。读吾书者，至此必将议我陷身情网，为清净法流障碍。然余是日正心思念我为沙门，处于浊世，当如莲华不为泥污，复有何患？宁省后此吾躬有如许惨戚，以告吾读者。

　　余出门去矣，此时正为余惨戚之发轫也。江村寒食，风雨飘忽，余举目四顾，心怦然动。窃揣如斯景物，殆非佳朕。然念彼姝见约，定有远因，否则奚由稔余名姓？且余昨日乍睹芳容，静柔简淡，不同凡艳，又乌可与佻挞下流，同日而语？余且行且思，不觉已重至碧纱窗下。呆立良久，都无动定。余方沉吟，谓彼小娃，殆戏我耶？继又迹彼昨日之言，一一出之至情，然则又胡容疑者？亡何，风雨稍止，僮娃果启扉出，不言亦不笑，行至吾前，第以双手出一纸函见授。余趣接之，觉物压余手颇重。余方欲发问，而僮娃旋踵已去。余亟擘函视之，累累者，金也。余心滋惑，于是细察函中，更有银管乌丝，盖贻余书也。嗟夫！读者，余观书讫，惨然魂摇，心房碎矣！书曰：

妾雪梅将泪和墨，袯袳致书于三郎足下：

　　先是人咸谓君已披剃空山，妾以君秉坚孤之性，故深信之，悲号几绝者屡矣！静夜思君，梦中又不识路，命也如此，夫复奚言？迩者连朝于卖花声里，惊辨此音，酷肖三郎心声。盖妾婴年，尝之君许，一挹清光，景状至今犹藏心坎也。迨侵晨隔窗一晞，知真为吾三郎矣。当此之时，妾觉魂已离舍，流荡空际；心亦腾涌弗止，不可自持。欲亲自陈情于君子之前，又以干于名义，故使侍儿冒昧进诘，以渎清神，还望三郎怜而恕妾。妾自生母弃养，以至今日，伶仃愁苦，已无复生人之趣。继母孤恩，见利忘义，怂老父以前约可欺，行思以妾改嫔他姓。嗟夫！三郎，妾心终始之盟，固不忒也。若一旦妾身见抑于父母，妾只有自裁以见志，妾虽骨化形销至千万劫，犹为三郎同心耳，上苍曲全与否，弗之问矣！不图今日复睹尊颜，知吾三郎无恙，深感天心慈爱，又自喜矣。呜呼！茫茫宇宙，妾舍君其谁属耶？沧海流枯，顽石尘化，微命如缕，妾爱不移！今以弋弋百金奉呈，望君即日买棹遄归，与太夫人图之。万转千回，惟君垂悯！苦次不能细缕。伏维长途珍重。

　　雪梅者，余未婚妻也。然则余胡可忍心舍之，独向空山而去？读者殆以余不近情矣。实则余之所以出此者，正欲存

断鸿零雁记·碎簪记

吾雪梅耳。须知吾雪梅者，古德幽光，奇女子也。今请语吾读者：雪梅之父，亦为余父执，在余义父未逝之先，已将雪梅许我。后此见余义父家运式微，余生母复无消息，乃生悔心，欲爽前诺。雪梅固高抗无伦者，奚肯甘心负约？顾其生父继母，都不见恤，以为女子者，实货物耳，吾固可择其礼金高者而鬻之。况此权特操诸父母，又乌容彼纤小致一辞者？雪梅是后，茹苦含辛，莫可告诉，所谓庶女之怨，惟欲依母氏于冥府，较在恶世为安。此非躬历其境者，不自知也。余年渐长，久不与雪梅相见，无由一证心量，然睹此情况，悲慨不可自聊。默默思量，只好出家皈命佛陀、达摩、僧伽，用息彼美见爱之心，使彼美享有家庭之乐；否则绝世名姝，必郁郁为余而死，是何可者？不观其父母利令智昏，宁将骨肉之亲，付之蒿里，亦不以嫠单寒无告之儿如余者。当时余固年少气盛，遂掉头不顾，飘然之广州常秀寺，哀祷赞初长老，摄受为"驱乌沙弥"，冀梵天帝释愍此薄命女郎而已。前书叙余在古刹中忆余生母者，盖后此数月间事也。

第六章

　　余自得雪梅一纸书后，知彼姝所以许我者良厚。是时心头辘辘，不能为定行止，竟不审上穷碧落，下极黄泉，舍吾雪梅而外，尚有何物。即余乳媪，以半百之年，一见彼姝之书，亦惨同身受，泪潸潸下。余此际神经，当作何状，读者自能得之。须知天下事，由爱而生者，无不以为难，无论湿化卵胎四生，综以此故而入生死，可哀也已！

　　清明后四日，侵晨，晨曦在树；花香沁脑，是时余与潮儿母子别矣，以媪亦速余遄归将母，且谓雪梅之事，必力为余助。余不知所云，以报吾媪之德，但有泪落如沈。乃将雪梅所赠款，分二十金与潮儿，为媪购羊裘之用。又思潮儿虽稚，侍亲至孝，不觉感动于怀，良不忍与之遽作分飞劳燕。忽回顾苑中花草，均带可怜颜色，悲从中来，徘徊饮泣。媪忽趣余曰："三郎，行矣，迟则渡船解缆。"余此时遂抑抑别乳媪、潮儿而去。

　　二日已至广州，余登岸步行，思诣吾师而别。不意常秀

断鸿零雁记·碎簪记

寺已被新学暴徒毁为墟市，法器无存，想吾师此时已归静室，乃即日午后易舟赴香江。翌晨，余理装登岸，即向罗弼牧师之家而去。牧师隶西班牙国，先是数年，携伉俪及女公子至此，构庐于太平山。家居不恒外出，第以收罗粤中古器及奇花异草为事。余特慕其人清幽绝俗，实景教中铮铮之士，非包藏祸心、思墟人国者，遂从之治欧文二载，故与余雅有情怀也。余既至牧师许，其女公子盈盈迎于堂上，牧师夫妇，亦喜慰万状。迨余述生母消息及雪梅事，俱泪盈于睫。余万感填胸，即踞胡床而大哭矣。

第七章

后此四日，牧师夫妇为余置西服。及部署各事既竟，乃就余握别曰："舟于正午启舷。孺子珍重！上帝必宠赐尔福慧兼修。尔此去可时以笺寄我。"语毕，其女公子曳蔚蓝文裙以出，颇有愁容。至余前，殷殷握余手，亲持紫罗兰花及寒羞草一束、英文书籍数种见贻。余拜谢受之。俄而海天在眼，余东行矣。

船行可五昼夜，经太平洋。斯时风日晴美，余徘徊于舵楼之上，茫茫天海，渺渺余怀。即检罗弼大家所贻书籍，中有莎士比尔，拜轮及室梨全集。余尝谓拜轮犹中土李白，天才也；莎士比尔犹中土杜甫，仙才也；室梨犹中土李贺，鬼才也。乃先展拜轮诗，诵《哈咯尔游草》，至末篇，有《大海》六章，遂叹曰："雄浑奇伟，今古诗人，无其匹矣！"濡笔译为汉文如左：

皇涛澜汗　灵海黝冥

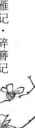

万艘鼓楫　泛若轻萍
茫茫九围　每有遗虚
旷哉天沼　匪人攸居
大器自运　振荡粤峰
岂伊人力　赫彼神工
罔象乍见　决舟没人
狂暑未几　遂为波臣
掩体无棺　归骨无坟
丧钟声嘶　逖矣谁闻

谁能乘属　履涉狂波
藐诸苍生　其奈公何
泱泱大风　立懦起罢
兹维公功　人力何衰
亦有雄豪　中原陵厉
自公匈中　挞彼空际
惊浪霆奔　慑魂慬神
转侧张皇　冀为公怜
腾澜赴崖　载彼微体
抾溺寒弘　公何岂弟

摇山撼城　声若雷霆
王公黔首　莫不震惊
赫赫军艘　亦有浮名
雄视海上　大莫与京
自公视之　藐矣其形

纷纷溶溶　　旋入沧溟
彼阿摩陀　　失其威灵
多罗缚迦　　壮气亦倾

傍公而居　　雄国几许
西利佉维　　希腊罗马
伟哉自繇　　公所锡予
君德既衰　　耗哉斯土
遂成遗虚　　公目所睹
以敖以娱　　幡回涛舞
苍颜不皲　　长寿自古
渺弥澶漫　　滔滔不舍

赫如阳燧　　神灵是鉴
别风淮雨　　上临下监
扶摇羊角　　溶溶澹澹
北极凝冰　　赤道淫泆
浩此地镜　　无奡无襜
圆形在前　　神光桑闪
精彪变怪　　出尔泥淰
回流云转　　气易舒惨
公之淫威　　忽不可验

苍海苍海　　余念旧恩
儿时水嬉　　在公膺前
沸波激岸　　随公转旋

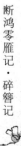

淋淋翔潮　　媵余往还

涤我匈臆　　慑我精魂

惟余与女　　父子之亲

或近或远　　托我元身

今我来斯　　握公之鬈

　　余既译拜轮诗竟，循还朗诵。时新月在天，渔灯三五，清风徐来，旷哉观也！翌晨舟抵横滨，余遂舍舟投逆旅。今后当叙余在东之事。

第八章

余行装甫卸，即出吾乳媪所授地址，以询逆旅主人。逆旅主人曰："是地甚迩，境绝严静，汽车去此可五站。客且歇一句钟，吾当为客购车票。吾阅人多矣，无如客之超逸者，诚宜至彼一游。今客如是急逼，殆有要事耶？"

余曰："省亲耳。"

午餐后，逆旅主人伴余赴车场，余甚感其殷渥。车既驰行，经二站，至一驿，名大船。掌车者向余言曰："由此换车，第一站为兼仓，第二站是已。"

余既换车，危坐车中，此时心绪，深形忐忑，自念于此顷刻间，即余骨肉重逢，母氏慈怀大慰，宁非余有生以来第一快事？忽又转念，自幼不省音耗，矧世事多变如此，安知母氏不移居他方？苟今日不获面吾生母，则漂泊人胡堪设想？余心正怔忡不已，而车已停。余向车窗外望，见牌上书"逗子驿"三字，遂下车。余既出驿场，四瞩无有行人，地至萧旷。即雇手车向田亩间辚辚而去，时正寒凝，积冰弥望。如

断鸿零雁记·碎簪记

是数里，从山脚左转，即濒海边而行，但见渔家数处，群儿往来垂钓，殊为幽忧悄不嚣。车夫忽止步告余曰："是处即樱山，客将安往？"

余曰："樱山即此耶？"遂下车携箧步行。

久之，至一处，松青沙白。方跂望间，忽遥见松阴夹道中，有小桥通一板屋，隐然背山面海，桥下流水触石，汨汨作声。余趣前就之，仰首见柴扉之侧，有标识曰："相州逗子樱山村八番。"余大悦怿，盖此九字，即余乳媪所授地址。遂以手轻叩其扉。久之，阒如无人。寻复叩之。一妇人启扉出。余见其襟前垂白巾一幅，审其为厨娘也。即问之曰："幸恕唐突。是即河合夫人居乎？"

妇曰："然。"

余曰："吾欲面夫人，烦为我通报。"

妇踌躇曰："吾主人大病新瘥，医者嘱勿见客。客此来何事？吾可代达主人。"

余曰："主人即余阿母，余名三郎。余来自支那，今早始莅横滨。幸速通报。"

妇闻言，张目相余，自颅及踵，凝思移时，骇曰："信乎，客三郎乎？吾尝闻吾主言及少主，顾存亡未卜耳。"

语已，遂入。久之，复出，肃余进。至廊下，一垂髫少女礼余曰："阿兄归来大幸！阿娘病已逾月，侵晨人略清爽。今小睡已觉，请兄来见阿娘。"

于是导余登楼。甫推屏，即见吾母斑发垂垂，据榻而坐，以面迎余微笑。余心知慈母此笑，较之恸哭尤为酸辛万倍。余即趋前俯伏吾母膝下，口不能言，唯泪如潮涌，遽湿棉墩。

此时但闻慈母咽声言曰："吾儿无恙，谢上苍垂悯！三郎，尔且拭泪面余。余此病几殆，年迈人固如风前之烛。今得见吾儿，吾病已觉霍然脱体，尔勿悲切。"

言已，收泪扶余起，徐回顾少女言曰："此尔兄也，自幼适异国，故未相见。"旋复面余曰："此为吾养女，今年十一，少尔五岁，即尔女弟也。侍我滋谨，吾至爱之。尔阿姊明日闻尔归，必来面尔。尔姊嫁已两载，家事如毛，故不恒至。吾后此但得尔兄妹二人在侧，为况慰矣。吾感谢上苍，不任吾骨肉分飞，至有恩意也。"

慈母言讫，余视女弟依慈母之侧。泪盈于睫，悲戚不胜。此时景状凄清极矣！少选，慈母复抚余等曰："尔勿伤心，吾明日病瘳，后日可携尔赴谒王父及尔父墓所，祝呵护尔。吾家亲戚故旧正多，后此当带尔兄妹各处游玩。吾卧病已久，正思远行，一觇他乡风物。"

时厨娘亦来面余母，似有所询问。吾母且起且嘱余女弟曰："惠子，且偕阿兄出前楼瞭望，尔兄仆仆征尘苦矣。"已，复指厨娘顾余曰："三郎，尔今在家中，诸事尽可遣阿竹理之，阿竹佣吾家十余载，为人诚笃，吾甚德之。"

吾母言竟下楼，为余治晚餐。余心念天下仁慈之心，无若母氏之于其子矣。遂随吾女弟步至楼前。时正崦嵫落日，渔父归舟，海光山色，果然清丽。忽闻山后钟声，徐徐与海鸥逐浪而去。女弟告余曰："此神武古寺晚钟也。"

第九章

　　入夜余作书二通：一致吾乳媪，一致罗弼牧师。二书均言余平安抵家，得会余母；并述余母子感谢前此恩德，永永不忘。余母复附寄百金与吾乳媪，且嘱其母子千万珍卫，良会自当有期。迨二书竟，余疲极睡矣。逾日既醒，红日当窗，即披衣入浴室。浴罢，登楼，见芙蓉峰涌现于金波之上，胸次为之澄澈。此日，余母精神顿复，为余陈设各事无少暇。

　　余归家之第三日，天甫迟明，余母携余及弱妹趁急行车，赴小田原扫墓。是日阴寒，车行而密雪翻飞，途中景物，至为萧瑟。迨车抵小田原驿，雪封径途矣。荒村风雪中，固无牵车者，余母遂雇一村妇负余妹。又至驿旁，购鲜花一束。既已，余即扶将母氏步行可三里，至一山脚，余仰睇山顶积雪中，露红墙一角，余母以指示余曰："是即龙山寺，尔祖及父之墓即在此。"

　　余等遂徐徐踏石蹬而上。既近山门，有联曰：

　　蒲团坐耐江头冷　香火重生劫后灰

余心谓是联颇工整。方至殿中，一老尼龙钟出，与余母问讯叙寒暄毕，尼即往燃香，并携清水一壶，授余母。余与弱妹随阿母步至浮屠之后，见王父及先君两墓并立，四围绕以铁栅，栅外复立木柱，柱之四面，作悉昙文，书"地、水、火、风、空"五字，盖密宗以表大日如来之德者也。余与弱妹拾取松枝，将坟上积雪推去。余母以手提壶灌水，由墓顶而下。少选汛洒严净，香花既陈，余母复摘长青叶一片，端置石案之中，命余等展拜。余拜已，掩面而哭。余母曰："三郎，雪弥剧，余等遄归。"

余遂启目视坟台，积雪复盈三寸，新陈诸物，均为雪蔽。余母以白纸裹金授老尼，即与告别，冒雪下山。余母且行且语余曰："三郎，若姨昨岁卜居箱根，去此不远，今且与尔赴谒若姨。须知尔幼时，若姨爱尔如雏凤，一日不见尔，则心殊弗怿。先时余携尔西行，若姨力阻；及尔行后，阿姨肝肠寸断矣。三郎知若姨爱尔之恩，弗可忘也。"

第十章

　　既至姨氏许，阍者通报，姨氏即出迓余母。已复引领顾余问曰："其谁家宁馨耶？"

　　余母指余笑答姨氏曰："三郎也，前日才归家。"

　　姨氏闻言喜极曰："然哉，三郎果生还耶？胡未驰电告我？"

　　言已，即以手扑余肩上雪花，徐徐叹曰："哀哉三郎！吾不见尔十数载，今尔相貌犹依稀辨识，但较儿时消瘦耳。尔今罢矣，且进吾闼。"

　　遂齐进厅事，自去外衣。倏忽，见一女郎擎茶具，作淡装出，袅娜无伦。与余等礼毕。时余旁立谛视之，果清超拔俗也。第心甚疑骇，盖似曾相见者。姨氏以铁箸剔火钵寒灰，且剔且言曰："别来逾旬，使人系念。前日接书，始知吾妹就瘥，稍慰。今三郎归，诚如梦幻，顾我乐极矣！"

　　余母答曰："谢姊关垂！身虽老病，今见三郎，心滋怡悦。惟此子殊可憨耳。"

此时女郎治茗既备，即先献余母，次则献余。余觉女郎此际瑟缩不知为地。姨氏知状，回顾女郎曰：“静子，余犹记三郎去时，尔亦知惜别，*丝丝垂泪*，尚忆之乎？”因屈指一算，续曰：“尔长于三郎二十有一月，即三郎为尔阿弟，尔勿踯躅作常态也。”

　　女郎默然不答，徐徐出素手，为余妹理鬓丝，双颊微生春晕矣。迨晚餐既已，余顿觉头颅肢体均热，如居火宅。是夜辗转不能成寐，病乃大作。

　　翌晨，雪不可止。余母及姨氏举屋之人，咸怏怏不可状，谓余此病匪细。顾余虽呻吟床褥，然以新归，初履家庭乐境，但觉有生以来，无若斯时欢欣也。于是一一思量，余自脱俗至今，所遇师傅、乳媪母子及罗弼牧师家族，均殷殷垂爱，无异骨肉。则举我前此之飘零辛苦，尽足偿矣。第念及雪梅孤苦无告，中心又难自恕耳。然余为僧及雪梅事，都秘而不宣，防余母闻之伤心也。兹出家与合婚二事，直相背而驰；余既证法身，固弗娶者，虽依慈母，不亦可乎？

　　方遐想间，余母与姨氏入矣。姨氏手持汤药，行至榻畔予余曰：“三郎，汝病盖为感冒。汝今且起服药，一二日后可无事。此药吾所手采。三郎，若姨日中固无所事，唯好去山中采药，亲制成剂，将施贫乏而多病者。须知世间医者，莫不贪财，故贫人不幸构病，只好垂手待毙，伤心惨目，无过于此。吾自顾遣此余年，舍此采药济人之事，无他乐趣；若村妇烧香念佛，吾弗为也。三郎，吾与汝母俱为老人矣，谚云‘老者预为交代事’，盖谓人老只当替后人谋幸福，但自身劳苦非所计。顾吾子现隶海军，且已娶妇，亦无庸为彼虑。

断鸿零雁记·碎簪记

今兹静子，彼人最关吾怀。静子少失怙恃，依吾已十有余载，吾但托之天命。"

姨氏言至此，凝思移时，长喘一声，复面余曰："三郎，先是汝母归来，不及三月，即接汝义父家中一信，谓三郎上山，为虎所噬。吾思彼方固多虎患，以为言实也。余与汝母，得此凶耗，一哭几绝，顿增二十余年老态。兹事亦无可如何，唯有晨夕祷告上苍，祝小子游魂，来归阿母。"

余倾听姨氏之言，厥声至惨。猛触宿恨，肺叶震震然，不知所可。久之，仰面见余母容仪，无有悲戚，即力制余悲，恭敬言曰："铭感阿姨过爱！第孺子遭逢，不堪追溯，且已成过去陈迹，请阿姨阿母置之。儿后此晨昏得奉阿姨阿母慈祥颜色，即孺子喜幸当何如也！"

余言已，余母速余饮药。少选，上身汗出如注，惫极，帖然而卧。

第十一章

　　余病四昼夜，始臻勿药，余母及姨氏举家喜形于色。时为三月三日，天气清新，余就窗次卷帘外盼，山光照眼，花鸟怡魂，心乃滋适。忽念一事，盖余连日晨醒，即觉清芬通余鼻观，以榻畔紫檀几上，必易鲜花一束，插胆瓶中，奕奕有光，花心犹带露滴。今晨忽见一翡翠襟针，遗于几下，方悉其为彼姝之物，花固美人之贻也。余又顿忆前日似与玉人曾相识者，因余先在罗弼女士斋中，所见德意志画伯阿陀辅手绩《沙浮遗影》，与彼姝无少差别耳。方凝伫间，忽注目纱帘之下，陈设甚雅：有云石案作鹅卵形，上置鉴屏、银盒、笔砚、绛罗，一尘不着；旁有柚木书匮，状若鸽笼，藏书颇富，余检之，均汉土古籍也。迨余回视左壁，复有小几，上置雁柱鸣筝，似尚有余音绕诸弦上。此时，余始惊审此楼为彼姝妆阁；又心仪彼姝学邃，且翛然出尘，如藐姑仙子。

　　斯时余正觉心中如有所念；移时，又怅然若失。忽见余母登楼，手中将春衣二袭嘱余曰："三郎，今兹寒威已退，尔试易此衣。"

余将衣接下，遂伴余母坐于蓝缎弹簧长椅之上。余母视余作慈祥之色，旋以手按余额问曰："吾儿今晨何似？"

余曰："儿无所苦，身略罢耳。阿娘以何日将余及妹宁家，余尚未面阿姊也。"

余母曰："何时均可。吾初意俟尔病瘳即行，但若姨昨夕苦苦留吾母子勿遽去，今晨已函报尔姊，盖若姨有切心之事与我商量。苟尔居此舒泰，吾一时固无归意。尔知吾年已垂暮，生平亲属咸老，势必疏远，安能如盛年时往来无绝？吾今举目四顾，唯与若姨形影相吊耳。且若姨见尔，中心怡悦靡极，则尔住此，一若在家中可也。吾知尔性耽幽寂，居此楼最适。此楼向为静子所居，前日尔来，始移于楼下，与尔妹同室。三郎，尔居此，意若弗适者，尽可语我。"

余曰："敬遵娘言。阿姨屋外风物固佳，小住，于儿心滋乐也。"

此时侍者传言，晨餐已备。余母欣然趣余更衣下楼御膳。余既随母氏至食堂，即鞠躬致谢阿姨厚遇之恩。姨氏以面迎余，欣欢万状，引首顾彼妹曰："托天之庇，三郎无恙矣！静子，尔趋前为三郎道晨安。"

瞬息，即见玉人翩若惊鸿，至余前，肃然为礼。而此际玉人密发虚鬖，丰姿愈见娟媚。余不敢回眸正视，唯心绪飘然，如风吹落叶，不知何所止。

余兄妹随阿娘羁旅姨氏家中，不啻置身天苑。姨氏固最怜余，余唯凡百恭谨，以奉阿姨阿母欢颜，自觉娱悦匪极。苟心有怅触，即倚树临流，或以书自遣。顾楼中所藏多宋人理学之书，外有梵章及驴文数种，已为虫蚀，不可辨析，俱唐本也；复次有汉译《婆罗多》及《罗摩延》二书，乃长篇叙事诗。二书汉土已失传矣，唯于《华严经》中偶述其名称，谓出自马鸣菩萨，今印度学人哆氏之英译《摩诃婆罗多族大战篇》，即其一也。

第十二章

　　一时雁影横空，蝉声四彻。余垂首环行于姨氏庭苑鱼塘堤畔，盈眸廓落，沦漪泠然。余默念晨间，余母言明朝将余兄妹遣归，则此地白云红树，不无恋恋于怀。忽有风声过余耳，瑟瑟作响。余乃仰空，但见宿叶脱柯，萧萧下堕，心始耸然知清秋亦垂尽矣。遂不觉中怀惘惘，一若重愁在抱。想余母此时已屏挡行具，方思进退闲之轩，一看弱妹。步至石阑桥上，忽闻衣裙窸窣之声。少选，香风四溢，陡见玉人靓妆，仙仙飘举而来，去余仅数武；一回青盼，徐徐与余眸相属矣。余即肃然鞠躬致敬。尔时玉人双颊虽赪，然不若前此之羞涩，至于无地自容也。余少瞩，觉玉人似欲言而未言。余愈踟蹰，进退不知所可，唯有俯首视地。久久，忽残菊上有物，映余眼帘，飘飘然如粉蝶，行将逾篱落而去。余趋前以手捉之，方知为蝉翼轻纱，落自玉人头上者。斯时余欲掷之于地，又思于礼微悖，遂将返玉人。玉人知旨，立即双手进接，以慧目迎余，且羞且发娇柔之声曰："多谢三郎见助。"

此为余第一次见玉人启其唇樱，贻余诚款，故余胶胶不知作何词以对。但见玉人口窝动处，又使沙浮复生，亦无此庄艳，此时令人真个消魂矣！

玉人寻复俯其颈，吐婉妙之音，微微言曰："三郎日来安乎？逗子气候温和，吾甚思造府奉谒，但阿母事集，恐岁内未能抽身耳。是间比逗子清严幽邃则一，唯气候悬绝，盖深山也。唐人咏罗浮诗云：

　　游人莫著单衣去　六月飞云带雪寒

吾思此语移用于此，颇觉亲切有味。未知三郎以吾言有当不？"

余聆玉人词旨，心乃奇骇，唯唯不能作答，久乃恭谨言曰："谢阿姊分身及我。果阿姊见枉寒舍，俾稚弟朝夕得侍左右，垂纶于荒村寒牖，幸何如之！否则寒舍东西诗集不少，亦可挑灯披卷，阿姊得毋嫌软尘涴人。敢问阿姊喜诵谁家诗句耶？"

玉人低首凝思，旋即星眸属我，辗然答曰："感篆三郎盛意！所问爱读何诗，诚为笑话，须知吾固未尝学也。三郎既不以吾为渎，敢不出吾肝膈以告？且幸三郎有以教我。"遂累累如贯珠言曰："从来好读陈后山诗，亦爱陆放翁，惟是故国西风，泪痕满纸，令人心恻耳。比来读《庄子》及《陶诗》，颇自觉徜徉世外，可见此关于性情之学不少。三郎观吾书匣所藏多理学家言，此书均明之遗臣朱舜水先生所赠吾远祖安积公者。盖安积公彼时参与德川政事，执弟子礼以待朱公，故吾家世受朱公之赐。吾家藏此书帙，已历二百三十余年矣。"此语一发，余更愕然张目，注视玉人。

断鸿零雁记·碎簪记

玉人续曰："吾婴年闻先君道朱公遗事，至今历历不忘，吾今复述三郎听之。"于是长喟一声，即愀然曰："朱公以崇祯十七年，即吾国正保元年，正值胡人猖披之际，孑身数航长崎，欲作秦庭七日之哭，竟不果其志。迨万治三年，而明社覆矣。朱公以亡国遗民，耻食二朝之粟，遂流寓长崎，以其地与平户郑成功诞生处近也。后德川氏闻之，遣水户儒臣，聘为宾师，尤殚礼遇。公遂传王阳明学于吾国土，公与阳明固是同乡也。至今朱公遗墓，尚存茨城县久慈郡瑞龙山上。容日当导三郎，一往奠之，以慰亡国忠魂，三郎其有意乎？又闻公酷爱樱花，今江户小石川后乐园中，犹留朱公遗爱。此园系朱公亲手经营者。朱公以天和二年春辞世，享寿八十有三。公目清人觍然人面，疾之如仇。平日操日语至精，然当易箦之际，公所言悉用汉语，故无人能聆其临终垂训，不亦大可哀耶？"

玉人言已，仰空而欷。余亦凄然。二人伫立无语，但闻风声萧瑟。忽有红叶一片，敲玉人肩上。玉人蹙其双蛾，状似弗怿，因俯首低声曰："三郎，明朝行耶？胡弗久留？吾自先君见背，旧学抛荒已久，三郎在，吾可执书问难。三郎如不以弱质见弃，则吾虽凋零，可无憾矣。"

余不待其言之毕，双颊大赪，俯首至臆，欲贡诚款，又不工于词，久乃嗫嚅言曰："阿母言明日归耳，阿姊恳恳如此，滋可感也！"

时余妹亦出自廊间，且行且呼曰："阿姊不观吾袷衣已带耶？晚餐将备，曷入食堂乎？"

玉人让余先行，即信步随吾而入。是夕餐事丰美，逾于常日，顾余确不审为何味。饭罢，枯坐楼头，兀思余今日始见玉人天真呈露，且殖学滋深，匪但容仪佳也；即监守天阍之乌舍仙子，亦不能逾是人矣！思至此，忽尔昂首见月明星稀，因诵亿翁诗曰：

　　　　千岩万壑无人迹独自飞行明月中

心为廓然。对月凝思，久久，回顾银烛已跋，更深矣，遂解衣就寝。复喟然叹曰："今夕月华如水，安知明夕不黑云叆叇耶？"

　　余词未毕，果闻雷声隐隐，似发于芙蓉塘外，因亦戚戚无已。寻复叹曰："云耶，电耶，雨耶，雪耶，实一物也，不过因热度之异而变耳。多谢天公，幸勿以柔丝缚我。"

　　明日，晨餐甫竟，余母命余易旅行之夜，且言姨氏亦携静子偕行。余闻言喜甚，谓可免黯然魂销之感。余等既登车室，玻璃窗上，霜痕犹在。余母及姨氏，指麾云树，心旷神怡。瞬息，闻天风海涛之声，不觉抵吾家矣。自是日以来，余循陔之余，静子亦彼此常见，但不久谭，莞尔示敬而已。

　　一日，细雨廉纤。余方伴余母倚阑观海，忽微微有叩镮声，少选，侍者持一邮筒，跪上余母。余母发函申纸，少需观竟，嘱余言曰："三郎，此尔姊来笺也，言明日莅此：适逢夫子以明日赴京都，才能分身一来省我云。此子亦太可怜。"言至此，微喟，续曰："谚云'养女徒劳'，不其然乎？女子一嫔夫家，必置其亲于脑后，即每逢佳节，思一见女面，亦非易易。此虽因中馈繁杂，然亦天下女子之心，固多忘所自也。昔有贫女，嫁数年，夫婿致富。女之父母，私心欣幸，方谓两口可以无饥矣。谁料不数日，女差人将其旧服悉还父母，且传语曰：'好女不着嫁时衣。'意讽嫁时奁具薄也。世人心理如是，安得不江河日下耶？"

余母言已，即将吾姊来书置桌上，以慈祥之色回顾余曰："三郎，晨来毋寒乎？吾觉凉生两臂。"

余即答曰："否。"

余母遂徐徐诏余曰："三郎，坐。"

余既坐，余母问曰："三郎，尔视静子何如人耶？"

余曰："慧秀孤标，好女子也。"

余母尔时舒适不可状，旋曰："诚然，诚然，吾亦极爱静子和婉有仪。母今有言，关白于尔，尔听之。三郎，吾决纳静子为三郎妇矣。静子长于尔二岁，在理吾不应尔。然吾仔细回环，的确更无佳偶逾是人者。顾静子父母不全，按例须招赘，始可袭父遗荫，然吾固可与若姨合居，此实天缘巧凑。若姨一切部署已定，俟明岁开春时成礼，破夏吾亦迁居箱根。兹事以情理而论，即若姨必婿吾三郎，中怀方释。盖若姨为托孤之人，今静子年事已及，无时不系之怀抱。顾连岁以来，求婚者虽众，若姨都不之顾；若姨之意，非关门地，第以世人良莠不齐，人心不古，苟静子不得贤夫子而侍，则若姨将何以自对？今得婿三郎，若姨重肩卸矣。"

余母言至此，凄然欲哭曰："三郎，老母一生寥寂，今行将见尔庆成嘉礼，即吾与若姨晚景，亦堪告慰。后此但托天命，吾知上苍必予尔两小福慧双修。"

余母方絮絮发言，余心房突突而跳。当余母言讫，余夷犹不敢遽答。正思将前此所历，径白于母；继又恐滋慈母之戚，非人子之道。心念良久，蕴泪于眶，微微言曰："儿今有言奉于慈母听纳，盖儿已决心……"

余母急曰："何谓？"

余曰："儿终身不娶耳。"

余母闻言极骇，起立张目注余曰："乌，是何言也！尔何所见而为此言？抑尔固执拗若是？此语真令余不解。尔年弱冠不娶，人其谓我何？若姨爱尔，不徒然耶？尔澄心思之，此语胡可使若姨听之者？矧静子恒为吾言，舍三郎无属意之人。尔前次恹恹病卧姨家，汤药均静子亲自煎调，怀诚已久，尚不知尔今竟岸然作是言也！"

余母言至末句，声愈严峻。余即敛涕言曰："慈母谛听。儿抚心自问，固爱静子，无异骨肉，且深敬其为人，想静子亦必心知之。儿今兹悫然出是言者，亦非敢抗挠慈母及阿姨之命，此实出诸不得已之苦衷，望慈母恕儿稚昧。"

余母凄然不余答，久乃哀咽言曰："三郎，尔当善体吾意。吾钟漏且歇。但望尔与静子早成眷属，则吾虽入土，犹含笑矣。"

第十三章

　　余听母言，泪如瀑泻，中心自咎，诚不应逆堂上之命，致老母出此伤心之言，此景奚堪？余皇然少间，遽跪余母膝前，婉慰余母曰："阿娘恕儿，儿诚不孝，儿罪重矣！后此唯有谨遵慈命。儿固不经事者，但望阿娘见恕耳。"

　　余母徐徐收泪，漫声应曰："孺子当听吾言为是，古云：'不信老人言，后悔将何及？'矧吾儿终身大事，老母安得不深思详察耶？当知娘心无一刻不为儿计也。即尔姊在家时，苟不从吾言，吾亦面加叱责而不姑息；今既归人，万事吾可不多过问，须知女心固外向，吾又何言？若静子则不然，彼姝性情娴穆，且有夙慧，最称吾怀，尔切勿以傅粉涂脂之流目之可耳。"

　　余母尚欲有言，适侍女跪白余母曰："浴室诸事已备。此时刚十句钟也。"言毕，即去。

　　余母颜色开霁，抚余肩曰："三郎，娘今当下楼检点冬衣，十一时方暇。尔去就浴。"

余此时知已宽慈母之忧，不禁怡然自得。仰视天际游丝，缓缓移去，雨亦遽止。余起易衣，下楼就浴。

余浴毕，登楼面海，兀坐久之，则又云愁海思，袭余而来。当余今日，慨然许彼姝于吾母之时，明知此言一发，后此有无穷忧患，正如此海潮之声，续续而至，无有尽时。然思若不尔者，又将何以慰吾老母？事至于此，今但焉置吾身？只好权顺老母之意，容日婉言劝慰余母，或可收回成命；如老母坚不见许，则历举隐衷，或卒能谅余为空门中人，未应蓄内。余抚心自问，固非忍人忘彼姝也。继余又思日俗真宗，固许带妻，且于刹中行结婚礼式，一效景教然者。若吾母以此为言，吾又将何言答余慈母耶？余反复思维，不可自聊，又闻山后凄风号林，余不觉惴惴其栗，因念佛言："身中四大，各自有名，都无我者。"嗟乎！望吾慈母，切勿驱儿作哑羊可耳！

第十四章

越日，余姊果来，见余不多言，但亦劝余曰："吾弟随时随地须听母言，凡事毋以盛气自用，则人情世故，思过半矣。至尔谓终身不娶，自以为高，此直村竖恒态，适足笑煞人耳！三郎，尔后此须谨志吾言，勿贻人笑柄也。"

余唯唯而退。余自是以来，焦悚万状，定省晨昏，辄不久坐，尽日惝惝然，唯恐余母重提意向。余母每面余时，欢欣无已，似曾不理余心有闲愁万种。一日，余方在斋中下笔作画，用宣愁绪。既绘怒涛激石状，复次画远海波纹，已而作一沙鸥斜射堕寒烟而没。忽微闻叩環声，继知吾妹推扉言曰："阿兄胡不出外游玩？"

余即回顾，忽尔见静子作斜红绕脸之妆，携余妹之手，伫立门外，见余即鞠躬与余为礼。余遂言曰："请阿姊进斋中小坐，今吾画已竟，无他事也。"

余言既毕，余妹强牵静子，径至余侧。静子注观余案上之画，少选，莞尔顾余言曰，"三郎幸恕唐突。昔董源写江南山，李唐写中州山，李思训写海外山，米元晖写南徐山，马远、夏圭写钱塘山，黄子久写海虞山，赵吴兴写苕雪山；今吾三郎得毋写崖山耶？一胡使人见则翛然如置身清古之域？此诚快心洞目之观也。"

言已，将画还余。余受之，言曰："吾画笔久废，今兴至作此，不图阿姊称誉过当，徒令人增惭惕耳。"

静子复微哂，言曰："三郎，余非作客气之言也。试思今之画者，但贵形似，取悦市侩，实则宁达画之理趣哉？昔人谓画水能终夜有声，余今观三郎此画，果证得其言不谬。三郎此幅，较诸近代名手，固有瓦砾明珠之别，又岂待余之多言也。"

余倾听其言，心念世宁有如此慧颖者？因退立其后，略举目视之，鬓发腻理，纤秾中度。余暗自叹曰："真旷劫难逢者也。"

忽而静子回盼，赧赧然曰："三郎，此画能见賸否？三郎或不以余求在礼为背否？余观此景沧茫古逸，故爱之甚挚。今兹发问，度三郎能谅我耳。"

余即答曰："岂敢，岂敢！此画固不值阿姊一粲。吾意阿姊固精通绘事者，望阿姊毋吝教诲，作我良师，不宁佳乎？"

静子瑟缩垂其双睫，以柔荑之手，理其罗带之端，言曰："非然也。昔日虽偶习之，然一无所成，今唯行箧所藏《花燕》一幅而已。"

余曰："请问云何《花燕》？"

静子曰："吾家园池，当荷花盛开时，每夜有紫燕无算，巢荷花中，花尽犹不去。余感其情性，命之曰'花燕'，爰为

之图。三郎，今容我检之来，第恐贻笑大方耳。"

余鞠躬对曰："请阿姊速将来，弟亟欲拜观。"

静子不待余言之毕，即移步鞠躬而去，轻振其袖，薰香扑人。余遂留余妹问之曰："何不闻阿母、阿姊声音？抑外出耶？"

余妹答曰："然，阿姊约阿姨、阿母俱出，谓往叶山观千贯松，兼有他事，顺道谒淡岛神社。已嘱厨娘，今日午膳在十二句半钟。并嘱吾语阿兄也。"

余曰："妹曷未同往？"

妹曰："不，静姊不往，故我亦不愿往。"

余顾余妹手中携有书籍，即诘之曰："何书？"

妹曰："此波弥尼八部书也。"

余曰："此为《梵文典》，吾妹习此乎？"

妹曰："静姊每日授余诵之，顾初学殊艰，久之渐觉醰醰有味，其句度雅丽，迥非独逸、法兰西、英吉利所可同日而语。"

余曰："然则静姊固究心三斯克列多文久矣？"

妹曰："静姊平素喜谈佛理，以是因缘，好涉猎梵章。尝语妹云：佛教虽斥声论，然《楞伽》《瑜伽》所说五法：曰相，曰名，曰分别，曰正智，曰真如，与波弥尼派相近。《楞严》后出，依于耳根圆通，有'声论宣明'之语。是佛教亦取声论，特形式相异耳。"

余听毕，正色语余妹曰："善哉，静姊果超凡入圣矣！吾妹谨随之学毋怠。"

第十五章

余语吾妹既讫，私心叹曰："静子慧骨天生，一时无两，宁不令人畏敬？惜乎，吾固勿能长侍秋波也！"

已而静子盈盈至矣。静子手持缋绢一帧，至余前。余肃然起立，接而观之：莲池之畔，环以垂杨修竹，固是姨家风物；有女郎兀立，风采盎然，碧罗为衣，颇得吴带当风之致。女郎挽文金高髻，即汉制飞仙髻也；俯观花燕，且自看妆映，翛然有出尘之姿，飘飘有凌云之概。余赞叹曰："美哉伊人！奚啻真真者？"

静子闻言，转目盼余，兼视余妹，莞尔言曰："究又奚能与三郎之言相副耶？且三郎安可以外貌取人？亦觇其中藏如何耳。画中人外观，似奕奕动人，第不能言，三郎何从谂其中心着何颜色者？"

余置其言弗答，续曰："画笔秀逸无伦，固是仙品，余生平博览丹青之士，咸弗能逮。嗟乎！衣钵尘土久，吾尚何言？今且据行云流水之描，的是吾姊戛戛独造，使余叹观止矣。

阿姊端为吾师，吾何幸哉！"

　　静子此时，羞不能答，俯首须臾，委婉言曰："三郎，胡为而作如是言？令浅尝者无地自容。但愿三郎将今日之画见赐，俾为临本，兼作永永纪念，以画中意况，亦与余身世吻合。迹君心情，宁谓非然者？"

　　余曰："余久不复属意于画，盖已江郎才尽。阿姊自是才调过人，固应使我北面红妆，云何谓我妄言？"

　　静子含羞不余答。余亦无言，但双手擎余画献之，且无心而言曰："敬乞吾畏友哂存，聊申稚弟倾服之诚，非敢言画也。"

　　静子欣然曰："三郎此言，适足以彰大作之益可贵耳。"言已，即平铺袖角，端承余画，以温厚之词答曰："敬谢三郎。三郎无庸以畏友外我。今得此画，朝夕对之，不敢忘锡画人也。"

　　是夕，微月已生西海，水波不兴。余乃负杖出门，随步所之。遇渔翁，相与闲话，迨翁收拾垂纶，余亦转身归去。时夜静风严，余四顾，舍海曲残月而外，别无所睹。及去余家仅丈许，瞥见有人悄立海边孤石之旁，静观海面，余谛瞩倩影亭亭，知为静子，遂前叩之曰："立者其吾阿姊乎？"

　　静子闻余声，却至欣悦，急回首应曰："三郎，归何晏？独不避海风耶？吾迟三郎于此久矣。三郎出时可曾加衣否？向晚气候，不比日间，恐非三郎所胜，不能使人无戚戚于中。三郎善自珍摄，寒威滋可畏也。"

　　余即答曰："感谢吾姊关垂！天寒夜寂，敬问吾姊于此，沉沉何思？女弟胡未奉侍左右？"

静子则柔声答曰："区区弱质，奚云惜者？今余方自家中来，姨母、令姊、令妹及阿母，咸集厨下制瓜团粉果，独余偷闲来此，奉候三郎。三郎归，吾心至适。"

余重谢之曰："深感阿姊厚意见待，愧弗克当！望阿姊次回，毋冒夜以伫我。吾姊恩意，特恐下走不称消受耳。"

余言毕，举步欲先入门，静子趣前娇而扶将曰："三郎且住。三郎悦我请问数言乎？"

余曰："何哉？姊胡为客气乃尔？阿姊欲有下回，稚弟固无不愿奉白者也。"

静子踌躇少间，乃出细腻之词，第一问曰："三郎，迩来相见，颇带幽忧之色，是何故者？是不能令人无郁拂，今愿窃有请耳。"

余此时心知警兆，兀立不语。静子第二问曰："三郎可知今日阿母邀姨母同令姊，往礼淡岛明神，何因也？吾思三郎必未之审。"

余闻语茫然，瞠不能答，旋曰："果如阿姊言，未之悉也。"

静子低声而言，其词断续不可辨，似曰："三郎鉴之，总为君与区区不肖耳。"

第十六章

余胸震震然,知彼美言中之骨也。余正怔忡间,转身稍离静子所立处,故作漫声指海面而言曰:"吾姊试谛望海心黑影,似是鱼舸经此,然耶,否耶?"

静子垂头弗余答。少选,复步近余胸前,双波略注余面。余在月色溟蒙之下,凝神静观其脸,横云斜月,殊胜端丽。此际万籁都寂,余心不自镇。既而昂首瞩天,则又乌云弥布,只余残星数点,空摇明灭。余不觉自语曰:"吁!此非人间世耶?今夕吾何为置身如是景域中也?"

余言甫竟,似有一缕吴绵,轻温而贴余掌,视之,则静子一手牵余,一手扶彼枯石而坐。余即立其膝畔,而不可自脱也。久之,静子发清响之音,如怨如诉曰:"我且问三郎,先是姨母曾否有言关白三郎乎?"

余此际神经已无所主,几于膝摇而牙齿相击,垂头不敢睇视,心中默念:情网已张,插翼难飞,此其时矣。

但闻静子连复问曰:"三郎乎,果阿姨作何语?三郎宁勿审于世情者，抑三郎心知之，故弗肯言？何见弃之深耶？余日来见三郎愀然不欢，因亦不能无渎问耳。"

余乃力制惊悸之状，嗫嚅言曰："阿娘向无言说，虽有，亦已依稀不可省记。"

余言甫发，忽觉静子筋脉跃动，骤松其柔荑之掌。余知其心固中吾言而愕然耳。余正思言以他事，忽尔悲风自海面吹来，乃至山岭，出林薄而去。余方凝仁间，静子四顾皇然，即襟间出一温香罗帕，填余掌中，立而言曰："三郎珍重！此中有绣角梨花笺，吾婴年随阿母挑绣而成，谨以奉赠，聊报今晨杰作，君其纳之。此闲花草，宁足云贡？三郎其亦知吾心耳！"

余乍闻是语，无以为计。自念拒之于心良弗忍；受之则睹物思人，宁可力行正照，直证无生耶？余反复思维，不知所可。静子故欲有言。余陡闻阴风怒号，声振十方，巨浪触石，惨然如破军之声。静子自将笺帕袭之，谨纳余胸间。既讫，遽握余臂，以腮熨之，嘤嘤欲泣曰："三郎受此勿戚，愿苍苍者佑吾三郎无恙。今吾两人同归，朝母氏也。"余呆立无言，惟觉胸间蠢蠢而跃。静子娇不自胜，搀余徐行。及抵斋中，稍觉清爽，然心绪纷乱，废弃一切。此夜今时，因悟使不析吾五漏之躯，以还父母，又那能越此情关，离诸忧怖耶？

第十七章

翌朝，天色清朗，惟气候遽寒，盖冬深矣。余母晨起，即部署厨娘，出馎饦，又陈备饮食之需。既而齐聚膳厅中，欢声腾彻。余始知姊氏今日归去。静子此际作魏代晓霞妆，余发散垂右肩，束以緅带，迥绝时世之装，腼腆与余为礼，益增其冷艳也。余既近炉联坐，中心滋耿耿，以昨夕款语海边之时，余未以实对彼妹故耳。已而姊氏辞行。余见静子拖百褶长裙，手携余妹送姊氏出门。余步跟其后，行至中，余母在旁，命余亦随送阿姊。

静子闻命，欣然即转身为余上冠杖。余曰："谨谢阿姊，待我周浃！"

余等齐行，送至驿上，展轸车发，遂与余姊别。归途唯静子及余兄妹三人而已。静子缓缓移步，远远见农人治田事，因出其纤指示余，顺口吟曰：

采菱辛苦废犁锄　血指流丹鬼质枯
无力买田聊种水　近来湖面亦收租

"三郎，此非范石湖之诗钦？在宋已然，无怪吾国今日赋税之繁且重。吾为村人生无限悲感耳！"

静子言毕，微唱，须臾忽绛其颊，盼余问曰："三郎得毋劳顿？日来身心，亦无患耶？吾晨朝闻阿母传言，来周过已更三日，当挈令妹及余归箱根。未审于时三郎可肯重尘游屐否？"

余闻言，万念起落，不即答。转视静子，匿面于绫伞流苏之下，引慧目迎余，为状似甚羞涩。余曰："如阿娘行，吾必随叩尊府。"

余言已，复回顾静子眉端隐约见愁态。转瞬静子果蕴泪于眶，嘤然而呻曰："吾晨来在膳厅中，见三郎胡乃作戚戚容？得毋玉体违和？敢希见告耳。苟吾三郎有何伤感，亦不妨掬心相示，幸毋见外也。"

余默默弗答。静子复微微言曰："君其怒我乎？胡靳吾请？"

余停履抗声答曰："心偶不适，亦自不识所以然。劳阿姊询及，惭惕何可言？万望阿姊饶我。"

余且行且思，赫然有触于心，弗可自持，因失声呼曰："吁！吾滋愧悔于中，无解脱时矣！"

余此时泪随声下。静子虽闻余言，殆未得窥余命意所在，默不一语。继而容光惨悴，就胸次出丹霞之巾，授余揾泪，慰藉良殷，至于红泪沾襟。余暗惊曰："吾两人如此，非寿征也！"

旁午始莅家庭。静子与余都弗进膳。

断鸿零雁记 · 碎簪记

第十八章

余姊行后，忽忽又三日矣。此日大雪缤纷，余紧闭窗户，静坐思量，此时正余心与雪花交飞于茫茫天海间也。余思久之，遂起立徘徊，叹曰："苍天，苍天，吾胡尽日怀抱百忧于中，不能自弭耶？学道无成，而生涯易尽，则后悔已迟耳。"

余谛念彼姝，抗心高远，固是大善知识。然以眼波决之，则又儿女情长，殊堪畏怖；使吾身此时为幽燕老将，固亦不能提刚刀慧剑，驱此婴婴宛宛者于漠北。吾前此归家，为吾慈母，奚事一逢彼姝，遽加余以尔许缠绵婉恋，累余虮身于情网之中，负己负人，无有是处耶？嗟乎，系于情者，难平尤怨，历古皆然。吾今胡能没溺家庭之恋，以闲愁自戕哉？佛言："佛子离佛数千里，当念佛戒。"吾今而后，当以持戒为基础，其庶几乎。余轮转思维，忽觉断惑证真，删除艳思，喜慰无极。决心归觅师傅，冀重重忏悔耳。第念此事决不可以禀白母氏，母氏知之，万不成行矣。

忽而余妹手托锦制瓶花入，语余曰："阿兄，此妹手造慈溪派插花，阿兄月旦，其能有当否？"

余无言，默视余妹，心忽恫楚，泪盈余睫。思欲语以离家之旨，又恐行不得也。迄吾妹去后，余心颤不已，返身掩面，成泪人矣。

此夕余愁绪复万叠如云，自思静子日来恹恹，已有病容。迹彼情词，又似有所顾虑；抑已洞悉吾隐衷，以我为太上忘情者欤？今既不以礼防为格，吾胡不亲过静子之室，叙白前因，或能宥我。且名姝深愫，又何可弃捐如是之速者？思已，整襟下楼，缓缓而行。及至廊际，闻琴声，心知此吾母八云琴，为静子所弹，以彼姝喜调《梅春》之曲也。至"夜迢迢，银台绛蜡，伴人垂泪"句，忽而双弦不谱，音变滞而不延，似为泪珠沾湿。迄余音都杳，余已至窗前，屏立不动。乍闻余妹言曰："阿姊，晨来所治针黹，亦已毕业未？"

静子太息答余妹曰："吾欲为三郎制领结，顾累日未竟，吾乃真孺稚也。"

余既知余妹未睡，转身欲返，忽复闻静子凄声和泪，细诘余妹曰："吾妹知阿兄连日胡因郁郁弗舒，恒露忧思之状耶？"

余妹答曰："吾亦弗审其由。今日尚见阿兄独坐斋中，泪潸潸下，良匪无以？妹诚愕异，又弗敢以禀阿娘。吾姊何以教我慰阿兄耶？"

静子曰："顾乃无术，惟待余等归期，吾妹努力助我，要阿兄同行，吾宁家，则必有以舒阿兄郁结；阿兄莅吾家，兼可与吾妹剧谈破寂，岂不大妙？不观阿兄面庞，近日十分消瘦，令人滋恨恨。今有一言相问吾妹：妹知阿母阿姨，或阿

断鸿零雁记·碎簪记

姊，向有何语吩咐阿兄否？"

余妹曰："无所闻也。"

静子不语。久之，微呻曰："抑吾有所开罪阿兄耶？余虽勿慧，曷遂相见则……"言至此，噫焉而止。复曰："待明日，但乞三郎加示喻耳。"

静子言时，凄咽不复成声。余猛触彼美沛然至情，万绪悲凉，不禁欷歔泣下。乃归，和衣而寝。

第十九章

　　天将破晓，余忧思顿释，自谓觅得安心立命之所矣。盥漱既讫，于是就案搦管构思，怃然少间，力疾书数语于笺素云：

　　静姊妆次：

　　呜呼，吾与吾姊终古永诀矣！余实三戒俱足之僧，永不容与女子共住者也。吾姊盛情殷渥，高义干云，吾非木石，云胡不感？然余固是水曜离胎，遭世有难言之恫，又胡忍以飘摇危苦之躯，扰吾姊此生哀乐耶？今兹手持寒锡，作远头陀矣。尘尘刹刹，会面无因。伏维吾姊，贷我残生，夫复何云？倏忽离家，未克另禀阿姨、阿母，幸吾姊慈悲哀愍，代白此心；并婉劝二老切勿悲念顽儿身世，以时强饭加衣，即所以怜儿也。幼弟三郎含泪顶礼。

断鸿零雁记·碎簪记

书毕，即易急装，将笺暗纳于骨细盒之内。盒为静子前日盛果賸余，余意行后，静子必能检盒得笺也。摒挡既毕，举目见壁上铜钟，锵锵七奏，一若催余就道者。此时阿母、阿姨，咸在寝室，为余妹理衣饰，静子与厨娘、女侍，则在厨下，都弗余觉，余竟自辟栅潜行。行数武，余回顾，忽见静子亦匆匆踵至，绿鬓垂于耳际，知其还未栉掠，但仓皇呼曰："三郎，侵晨安适？夜来积雪未消，不宜出行；且晨餐将备，曷稍待乎？"

余心为赧然，即脱冠致敬，恭谨以答曰："近日疏慵特甚，忘却为阿姊道晨安，幸阿姊恕之。吾今日欲观白泷不动尊神，须趁雪未溶时往耳。敬乞阿姊勿以稚弟为念。"

静子趣近余前，愕然作声问曰："三郎颜色，奚为乍变？得毋感冒？"言毕，出其腻洁之手，按余额角，复执余掌言曰："果热度腾涌。三郎此行可止，请速归家，就榻安歇。待吾禀报阿母。"言时声颤欲嘶。

余即陈谢曰："阿姊太过细心，余惟觉头部微晕，正思外出吸取清气耳。望吾姊勿尼吾行，二小时后，余即宁家，可乎？"

静子以指掠其鬓丝，微叹不余答，久乃娇声言曰："然则，吾请侍三郎行耳。"

余急曰："何敢重烦玉趾？余一人行道上，固无他虑。"

静子似弗怿，含泪盼余，喟然答曰："否。粉身碎骨，以卫三郎，亦所不惜，况区区一行耶？望三郎莫累累见却，即幸甚矣。"

余更无词固拒，权伴静子逡巡而行。道中积雪照眼，余略顾静子芙蓉之靥，衬以雪光，庄艳绝伦，吾魂又为之蘦然而摇也。静子频频出素手，谨炙余掌，或扪余额，以觇热度有无增减。俄而行经海角沙滩之上，时值海潮初退。静子下其眉睫，似有所思。余瞩静子清癯已极，且有泪容，心滋恻怅，遂扶静子腰围，央其稍歇。静子脉脉弗语，依余憩息于细软干砂之上。

此时余神志为爽，心亦镇定，两鬓热度尽退，一如常时，但静默不发一言。静子似渐释其悲哽，尚复含愁注视海上波光，久久，忽尔扶余臂愀然问曰："三郎，何思之深也？三郎或勿讶吾言唐突耶？前接香江邮筒，中附褪红小简，作英吉利书，下署罗弼氏者，究属谁家扫眉才子？可得闻乎？吾观其书法妩媚动人，宁让簪花格体？奈何以此蟹行乌丝，惑吾三郎，怏怏至此田地？余以私心决之，三郎意似怜其薄命如樱花然者。三郎今兹肯为我倾吐其详否耶？"

余无端闻其细腻酸咽之词，以余初不宿备，故嗫不能声。静子续其声韵曰："三郎，胡为缄口如金人？固弗容吾一闻芳讯耶？"

余遂径报曰："彼马德利产，其父即吾恩师也。"

静子闻言，目动神慌，似极惨悸，故迟迟言曰："然则彼人殆绝代丽姝，三郎固岂能忘怀者？"

言毕，哆其唇樱，回波注睇吾面，似细察吾方寸作何向背。余略引目视静子，玉容瘦损，忽而慧眼含红欲滴。余心知此子固天怀活泼，其此时情波万叠而中沸矣。余情况至窘，不审将何词以答。少选，遽作庄容而语之曰："阿姊当谅吾心，絮问何为？余实非有所恋恋于怀，顾余素鞅鞅不自聊者，又

断鸿零雁记·碎簪记

· 57 ·

非如阿姊所料，余周历人间至苦，今已绝意人世，特阿姊未之知耳。"

余言毕，静子挥其长袖，掩面悲咽曰："宜乎三郎视我，漠若路人，余固乌知者？"已而复曰："嗟乎！三郎，尔意究安属？心向丽人则亦已耳，宁遂忍然弗为二老计耶？"

余聆其言，良不自适，更不忍伤其情款，所谓藕断丝连，不其然欤？余遂自绾愁丝，阳慰之曰："稚弟胡敢者？适戏言耳，阿姊何当芥蒂于中？令稚弟皇恐无地。实则余心绪不宁，言乃无检。阿姊爱我既深，尚冀阿姊今以恕道加我，感且无任耳！阿姊其见宥耶？"

静子闻余言，若喜若忧，垂额至余肩际，方含意欲申。余即抚之曰："悲乃不伦，不如归也。"

静子愁惨略释，盈盈起立，捧余手重复亲之，言曰："三郎，记取后此无论何适，须约我偕行，寸心释矣。若今晨匆匆自去，将毋令人悬念耶？"

余即答曰："敬闻命矣。"

静子此时俯身，拾得虹纹贝壳，执玩反复，旋复置诸砂面，为状似甚乐也。已而骈行。天忽阴晦，欲雪不雪，路无行人。静子且行且喟。余栗栗惴惧不已，乃问之曰："阿姊奚叹？"

静子答曰："三郎有所不适，吾心至慊。"

余曰："但愿阿姊宽怀。"

此时已近山脚孤亭之侧，离吾家只数十武，余停履谓曰："请阿姊先归，以慰二老。小弟至板桥之下，拾螺蛤数枚，归贻妹氏，容缓二十分钟宁家，第恐有劳垂盼。阿姊愿耶，否耶？”

静子曰：“甚善。余先归为三郎传朝食。”

言毕，握余手略鞠躬言曰：“三郎，早归，吾偕令妹伫伺三郎，同御晨餐。今夕且看明月照积雪也。”

余垂目细瞻其雪白冰清之手，微观蔚蓝脉线，良不忍遽释，惘然久之，因曰：“敬谢阿姊礼我。”

第二十章

余目送静子珊珊行后，喟然而叹曰："甚矣，柔丝之绊人也！"

余自是力遏情澜，亟转山脚疾行。渐前，适有人夫牵空车一辆，余招而乘之，径赴车站，购票讫，汽车即发。二日半，经长崎，复乘欧舶西渡。余方豁然动念，遂将静子曩日所媵凤文罗简之属，沉诸海中，自谓忧患之心都泯。

更二日，抵上海。余即日入城，购僧衣一着易之，萧然向武林去，以余素慕圣湖之美，今应顺道酬吾夙愿也。既至西子湖边，盈眸寂乐，迥绝尘寰。余复泛瓜皮舟，之茅家埠。既至，余舍舟，肩挑被席数事，投灵隐寺，即宋之问"楼观沧海日，门对浙江潮"处也。余进山门，复至客堂，将行李放堂外左边，即自往右边鹄立。

久久，有知客师出问曰："大师何自而来？"

余曰："从广州来。"

知客闻言欣然曰："广东富饶之区也。"

余弗答，摩襟出牒示之。知客审视牒讫，复欣然导余登南楼安息。余视此楼颇广，丁方可数丈。楼中一无所有，惟灰砖数方而已。

迄薄暮，斋罢，余急就寝，即以灰砖代枕。入夜，余忽醒，弗复成寐。又闻楼中作怪声甚厉，余心惊疑是间有鬼，惨栗不已，急以绒毡裹头，力闭余目，虽汗出如沈，亦弗敢少动。漫漫长夜，不胜苦闷。天甫迟明，闻钟声，即起，询之守夜之僧，始知楼上向多松鼠，故发此怪声，来往香客，无不惊讶云。

晨粥既毕，主持来嘱余曰："师远来，晨夕无庸上殿，但出山门扫枯叶柏子，聚而焚之。"

余曰："谨受教。"

过午，复命余将冷泉亭石脚衰草剔净。如是安居五日，过已，余颇觉翛然自得，竟不识人间有何忧患，有何恐怖，听风望月，万念都空。唯有一事，不能无憾：以是间风景为圣湖之冠，而冠盖之流，往来如鲫，竟以清净山门，为凡夫俗子宴游之区，殊令人弗堪耳。

第二十一章

　　余一日无事，偶出春淙亭眺望，忽见壁上新题，墨痕犹湿。余细视之，即《捐官竹枝词》数章也，其词曰：

二品加衔四品阶　　皇然绿轿四人抬
黄堂半跪称卑府　　白简通详署宪台
督抚请谈当座揖　　臬藩接见大门开
便宜此日称观察　　五百光洋买得来

大夫原不会医生　　误被都人换此名
说梦但求升道府　　升阶何敢望参丞
外商吏礼皆无分　　兵户刑工浪挂名
一万白银能报效　　灯笼马上换京卿

一麾分省出京华　　蓝顶花翎到处夸
直与翰林争俸满　　偶兼坐办望厘差

大人两字凭他叫　　小考诸童听我枷
莫问出身清白否　　有钱再把道员加

工赈捐输价便宜　　白银两百得同知
官场逢我称司马　　照壁凭他画大狮
家世问来皆票局　　大夫买去署门楣
怪他多少功牌顶　　混我胸前白鹭鹚

八成遇缺尽先班　　铨补居然父母官
刮得民膏还凤债　　掩将妻耳买新欢
若逢苦缺还求调　　偏想诸曹要请安
别有上台饶不得　　一年节寿又分餐

补褂朝珠顶似晶　　冒充一个状元郎
教官都作加衔用　　殷户何妨苦缺当
外放只能抡刺史　　出身原是做厨房
可怜裁缺悲公等　　丢了金钱要发狂

小小京官不足珍　　素珠金顶亦荣身
也随编检称前辈　　曾向王公作上宾
借与招牌充匠　　呼来雅号冒儒臣
衔条三字翰林院　　诳得家人唤大人

　　余读至此，谓其词雅谑。首章指道员，其二郎中，其三
知府，其四同知，其五知县，其六光禄寺署丞，其七待诏，

惜末章为风雨剥灭，不可辨，只剩

      天丧斯文人影绝　官多捷径士心寒

一联而已。此时科举已废，盖指留学生而言也。

余方欲行，适有少年比丘，负囊而来。余观其年，可十六七，面带深忧极恨之色。见余即肃容合十，向余而言曰："敬问阿师，此间能容我挂单否乎？"

余曰："可。吾导尔至客堂。"比丘曰："阿弥陀佛。"

余曰："子来从何许？观子形容，劳困已极，吾请助子负囊。"

比丘颦蹙曰："谢师厚意！吾果困顿，如阿师言。吾自湖南来者。吾发愿参礼十方，形虽枯槁，第吾心中懊恼，固已净尽无余，且勿知苦为何味也。"

第二十二章

晚上比丘与余同歇楼上。余视其衣单，均非旧物，因意其必为新剃度；又一望可知其中心实有千端愁恨者。遂叩之曰："子出家几载？"

比丘聆余言，沉思久之，凄然应余曰："吾削发仅月余耳，阿师待我殊有礼义，中心宁弗感篆？我今且语阿师以吾何由而出家者。

"吾恨人也，自幼失怙恃。吾叔贪利，鬻余于邻邑巨家为嗣。一日，风雨凄迷，余静坐窗间，读《唐五代词》。适邻家有女，亦于斯时当窗刺绣。余引目望之，盖代容华，如天仙临凡也。然余初固不敢稍萌妄念。忽一日，女缮一小小蛮笺，以红线轻系于蜻蜓身上，令徐徐飞入余窗。盖邻窗与余窗斜对，仅离六尺，下有小河相界耳。余得笺，循环雒诵，心醉其美，复艳其情，因叹曰：'吾何修而能枉天仙下盼耶？'由是梦魂，竟被邻女牵系，而不能自作主持矣。此后朝夕必临窗对晤，且馈余以锦绣文房之属；吾知其家贫亲老，亦厚报

之以金。如是者屡矣。

"一日，女复自绣秋海棠笔袋，实以旃檀香屑见贶。余感邻女之心，至于万状，中心自念，非更得金以酬之，无以自对良心也。顾此时阮囊羞涩，遂不获已，告贷于厮仆。不料仆阳诺而阴述诸吾义父之前。翌晨，义父严责余曰：'吾素爱汝，汝竟行同浪子耶？吾家断无容似汝败行之人，汝去！'义父言毕，即草一函，嘱余挈归，致吾叔父。余受函入房，女犹倚窗迎余含笑。余正色告之曰：'今日见摈于老父，后此何地何时，可图良会耶？'

"女聆余言，似不欢，怫然竖其一指，逡巡答余曰：'今夕无月，君于十一句钟，以舴艋至吾屋后。君能之乎？'余亟应曰：'能之。'

"余既领香谕，自以为如天之福也，即归至家。叔父诘余曰：'汝语我，将钱何所用，赌耶？交游无赖耶？'余唯恭默，不敢答一辞，恐直言之，则邻女声名瓦解，是何可者？俄顷，叔父复问曰：'汝究与谁人赌耶？'余弗答如故。遂益中吾叔父之怒，乃以桐城烟斗，乱剥余肩。余忍痛不敢少动，又不敢哭。

"黄昏后，余潜取邻舍渔舟，肩痛不可忍，自念今夕不行，将负诺，则痛且死，亦安能格我者？遂勉力插舟，欸乃而去。及至其宅，刚九句钟，余心滋慰，意忘痛楚。停桡于屋角。待久之，不见人影，良用焦忧。忽骤雨如覆盆，余将孤艇驶至墙缘芭蕉之下，冒风雨而立。直到四更，亦复杳然。余心知有变，跃身入水，无知觉已。

"迄余渐醒，四瞩竹篱茅舍，知为渔家；一翁一媪，守余

侧，频以手按余胸次，甚殷。余突然问曰：'叟及夫人拯吾命耶？然余诚无面目，更生人世。'

娴曰：'悲哉，吾客也！客今且勿言。天必佑客平安无事，吾谢天地！'

"余闻娴言辞温厚，不觉堕泪，悉语以故。娴白发婆娑，摇头叹曰：'天下负心人儿，比比然也。客今后须知自重。'

"叟曰：'勉乎哉！客今回头是岸，佳也。'

"余收泪，跪别翁娴而行，莫审所适，悲腾恨溢，遂入岳麓为僧。乃将腰间所系海棠笔袋并香屑葬于飞来钟树脚之侧。后此，附商人来是间。今兹茫茫宇宙，又乌睹所谓情、所谓恨耶？"

余闻湘僧言讫，历历忆及旧事，不能宁睡。忽依稀闻慈母责余之声，神为耸然而动，泪满双睫，顿发思家之感。翌朝，余果病不能兴。湘僧晨夕为余司汤药粥各事，余辄于中夜感激涕零，遂与湘僧为患难交。后此湘僧亦备审吾隐恫，形影相吊，无片刻少离。余病兼旬，始获清健，能扶杖出山门眺望，潭映疏钟，清人骨髓。

第二十三章

忽一日监院过余，言曰："明日中元节，城内麦家有法事，首座命衲应赴，并询住僧之中，谁合选为同伴者。衲以师对，首座喜甚。道师沉静寡言，足壮山门风范，能起十方宗仰。且麦氏亦岭南人，以师款洽，较他人方便。此吾侪不得不借重于吾师也。"

余答曰："余出家以来，未尝习此，舍《香赞》《心经》《大悲咒》而外，一无所能，恐辱命，奈何？"

监院曰："瑜伽焰口，只此亦够；尚有侍者二人，于诸事殊练达，师第助吾等敲木鱼及添香剪烛之外，无多劳。万望吾师勿辞辛苦，则常住增光矣。"

余不获已，允之。监院欣然遂去。余语湘僧曰："此无益于正教，而适为人鄙夷耳。应赴之说，古未之闻。昔白起为秦将，坑长平降卒四十万。至梁武帝时，志公智者，提斯悲惨之事，用警独夫好杀之心，并示所以济拔之方。武帝遂集天下高僧，建水陆道场七昼夜，一时名僧，咸赴其请。应赴之法，自此始。

余尝考诸《内典》：昔佛在世，为法施生，以法教化四生，人间天上，莫不以五时八教，次第调停而成熟之；诸弟子亦各分化十方，恢弘其道。迨佛灭度后，阿难等结集《三藏》，流通法宝。至汉明帝时，佛法始入震旦。唐宋以后，渐入浇漓，取为衣食之资，将作贩卖之具。嗟夫，异哉！自既未度，焉能度人？譬如下井救人，二俱陷溺。且施者，与而不取之谓；今我以法与人，人以财与我，是谓贸易，云何称施？况本无法与人，徒资口给耶？纵有虔诚之功，不赎贪求之过。若复苟且将事，以希利养，是谓盗施主物，又谓之负债用，律有明文，呵责非细。"

湘僧曰："阿师言深有至理，令人不可置一词也。第余又不解志公胡必作此忏仪，延误天下苍生耶？"

余曰："志公本是菩萨化身，能以圆音利物。唐持梵呗，已无补秋毫。矧在今日凡僧，更何益之有？云栖广作忏法，蔓延至今，徒误正修，以资利养，流毒沙门，其祸至烈。至于禅宗，本无忏法，而今亦相率崇效，非宜深戒者乎？顾吾与子，俱是正信之人，既皈依佛，但广说其四谛八正道，岂人天小果有漏之因，同日语哉？"

湘僧曰："善哉！马鸣菩萨言：诸菩萨舍妄一切显真实，诸凡夫覆真一切显虚妄。"

第二十四章

明日，余随监院茌麦氏许，然余未尝询其为何名，隶何地，但知其为宰官耳。入夜，法事开场，此余破题儿第一遭也。此时男女叠肩环观者甚众。监院垂睫合十，朗念真言，至"想骨肉已分离，睹音容而何在"，声至凄恻。及至"呜呼！杜鹃叫落桃花月，血染枝头恨正长"，又"昔日风流都不见，绿杨芳草髑髅寒"又"将军战马今何在？野草闲花满地愁"等句，则又悲健无伦。斯时举屋之人，咸屏默无声，注瞩余等。余忽闻对壁座中，有婴宛细碎之声，言曰："殆此人无疑也。回忆垂髫，恍如隔世，宁勿凄然？"时复有男子太息曰："伤哉！果三郎其人也。"

余骤闻是言，岂不惊怛？余此际神色顿变，然不敢直视。女郎复曰："似大病新瘥。我知三郎固有难言之隐耳。"

余默察其声音，久之，始大悟其即麦家兄妹，为吾乡里，又为总角同窗。计相别五载，想其父今为宦于此。回首前尘，徒增浩叹耳。亿余羁香江时，与麦氏兄妹结邻于卖花街。其父固性情中人，意极可亲，御我特厚；今乃不期相遇于此，实属前缘。余今后或能借此一讯吾旧乡之事，斯亦足以稍慰飘零否耶？

余心于是镇定如常。黎明，法事告完，果见僮仆至余前揖曰："主人有命，请大师贲临书斋便饭。"

余即随之行。此时同来诸僧，咸骇异，以彼辈未尝知余身世，彼意谓余一人见招，必有殊荣极宠。盖今之沙门，虽身在兰阁，而情趣缧绁者，固如是耳。

及余至斋中，见餐事陈设甚盛：有莼菜，有醋鱼、五香腐干、桂花栗子、红菱藕粉、三白西瓜、龙井虎跑茶、上蒋虹字腿，此均为余特备者。余心默感麦氏，果依依有故人之意，足征长者之风，于此炎凉世态中，已属凤毛麟角矣。少须，麦氏携其一子一女出斋中，与余为礼。余谛认麦家兄妹，容颜如故，戏采娱亲；而余抱无涯之戚，四顾萧条，负我负人，何以堪此？因掩面哀咽不止。麦氏父子，深形凄怆，其女公子亦不觉为余而作啼妆矣。

无语久之，麦氏抚余庄然言曰："孺子毋愁为幸。吾久弗见尔。先是闻乡人言，吾始知尔已离俗，吾正深悲尔天资俊爽，而世路凄其也。吾去岁挈家人侨居于此。昨夕儿辈语我，以尔来吾家作法事，令老夫惊喜交集。老夫耄矣，不料犹能会尔，宁谓此非天缘耶？尔父执之妇，昨春迁居香江，死于喉疫。今老夫愿尔勿归广东。老夫知尔了无凡骨，请客吾家，与豚儿作伴，则尔于余为益良多。尔意云何者？"

余闻父执之妻早年去世，满怀悲感，叹人事百变叵测也！

第二十五章

　　余收泪启麦氏曰："铭感丈人，不以残衲见弃，中心诚惶诚恐，将奚以为报？然寺中尚有湘僧名，法忍者，为吾至友，同居甚久，孺子滋不忍离去。后此孺子当时叩高轩侍教，丈人其恕我乎？"

　　麦氏少思，蔼然言曰："如是亦善，吾惟恐寺中苦尔。"

　　余即答曰："否，寺僧遇我俱善。敬谢丈人，垂念小子！小子何日忘之？"

　　麦氏喜形于色，引余入席。顾桌上浙中名品咸备，奈余心怀百忧，于此时亦味同嚼蜡耳。饭罢，余略述东归寻母事。麦氏举家静听，感喟无已。麦家夫人并其太夫人，亦在座中，为余言天心自有安排，嘱余屏除万虑；余感极而继之以泣。及余辞行，麦家夫人出百金之票授余，嘱曰："孺子莫拒，纳之用备急需也。"

　　余拜却之曰："孺子自逗子起行时，已备二百金，至今还有其半，在衣襟之内。此恩吾唯心领，敬谢夫人！"

余归山门，越数日，麦家兄妹同来灵隐，视余于冷泉亭。余乘间问雪梅近况何若。初兄妹皆隐约其辞，余不得端倪，因再叩之，凡三次。其妹微蹙其眉，太息曰："其如玉葬香埋何？"

余闻言几踣，退立震慑，捶胸大恸曰："果不幸耶？"

其兄知旨，急挽余臂曰："女弟孟浪，焉有是事？实则……"语至此，转复慰余曰："吾爱友三郎，千万珍重。女弟此言非确，实则人传彼姝春病颇剧耳。然吉人自有天相，万望吾爱友切勿焦虑，至伤玉体。"余遂力遏其悲。

是日，麦家兄妹复邀余同归其家。翌晨，余偶出后苑嘘气，适逢其妹于亭桥之上，扶栏凝睇，如有所思。既见余至，不禁红上梨涡，意不忍为陇中佳人将消息耳。余将转身欲行，其妹回眸一盼，娇声问曰："三郎其容我导君一游苑中乎？"

余即鞠躬，庄然谢曰："那敢有劳玉趾？敬问贤妹一言，雪梅究存人世与否？贤妹可详见告欤？"

其妹嘤然而呻，辄摇其首曰："谚云：'继母心肝，甚于蛇虺。'不诚然哉？前此吾居乡间，闻其继母力逼雪姑为富家媳也，迨出阁前一夕，竟绝粒而夭。天乎！天乎！乡人咸悲雪姑命薄，吾则叹人世之无良一至于此也！"

余此时确得噩信，乃失声而哭，急驰返山门，与法忍商酌，同归岭海，一吊雪梅之墓，冀慰贞魂。明日午后，麦氏父子，亲送余等至拱宸桥，挥泪而别。

第二十六章

　　余与法忍至上海，始悉襟间银票，均已不翼而飞，故不能买舟，遂与法忍决定行脚同归。沿途托钵，踬蹬已极。逾岁，始抵横蒲关，入南雄边界。既过红梅驿，土人言此去俱为坦途，然水行不一由延能达始兴。余二人尽出所蓄，尚可敷舟资及粮食之用，于是扬帆以行。风利，数日遂过浈水，至始兴县，余二人忧思稍解。是夕，维舟于野渡残扬之下。时凉秋九月矣，山川寥寂，举目苍凉。忽有西北风潇飒过耳，余悚然而听之。又有巨物鸣鸣然袭舟而来，竟落灯光之下，如是者络续而至。余异而瞩之，约有百数，均团脐胖蟹也。此为余初次所见，颇觉奇趣。

　　法忍语余曰："吾闻丹凤山去此不远，有张九龄故宅，。吾二人明晨当纤道往观。"

　　又曰："惜吾两人不能痛饮，否则将此蟹煮之，复入村沽黄醑无量，尔我举匏樽以消幽恨。奈何此夕百忧感其心耶？"

语次，舟子以手指枫林旷刹告余二人曰："此即怀庵古兰若也，金碧飘零尽矣。父老相传，甲申三月，吾族遗老誓师于此。不观腐草转磷，至今犹在？嗟乎！风景依然，而江山已非，宁不令人愀然生感，欷歔不置耶？"

追余等将睡，忽而黑风暴雨遽作。余谓法忍："今夕不能住宿舟中，不若同往荒殿少避风雨，明日重行。"法忍曰："善。"余二人遂辞舟子，向枫林摩道而入。既至山门，缭垣倾圮殆尽，扉亦无存者。及入，殿中都无声响，唯见佛灯，光摇四壁。殿旁有甬道，通一耳室，余意其为住僧寮房，故止步弗入。法忍手扪碑上题诗，读曰：

> 十郡名贤请自思　　座中若个是男儿
> 鼎湖难挽龙髯日　　鸳水争持牛耳时
> 哭尽冬青徒有泪　　歌残凝碧竟无诗
> 故陵麦饭谁浇取　　赢得空堂酒满卮

余曰："此澹归和尚贻吴梅村之诗也。当日所谓名流，忍以父母之邦，委于群胡。残暴戮辱，亦可想而知矣。澹归和尚固是顶天立地一堂堂男子。呜呼！丹霞一炬，遗老幽光，至今犹屈而不申，何天心之愦愦也？"

时暴雨忽歇。余与法忍无言，解袄卧于殿角。余陡然从梦中惊醒，时万籁沉沉，微闻西风振箨，参以寒虫断续之声；忽有念《蓼莪》之什于侧室者，其声酸楚无伦。听至——"哀哀父母，生我劬劳"句，不禁沉沉大恸，心为摧折。

晨兴，天无宿翳。余视此僧，呜呼，即余乳媪之子潮儿

断鸿零雁记·碎簪记

也！余愕不止；潮儿几疑余为鬼物，相视久之，悲咽万状曰："阿兄归几日矣？"

余曰："昨夕抵此，风雨兼天，故就宿殿内。贤弟何故失容？阿母无恙耶？"

潮儿未及发言，已簌簌落泪，白余言曰："慈母见背，吾心悲极为僧，庐墓于此，三经弦望矣。"

余闻言，震越失次，趋前抱潮儿而恸哭曰："吾意归南海必先见吾媪。余自襁褓，独媪一人怜而抚我，不图今已长眠。天乎！吾媪养育之恩，吾未报其万一。天乎，吾心胃都碎矣！"

既而潮儿导余等出西院门，至其亡母墓前，黄土一，白杨萧萧，山鸟哀鸣其上。余同法忍，俯伏陨涕。潮儿拭泪言曰："亡母感古装夫人极矣！舍古装夫人而外，欲得一赐惠之人，无有也。吾前月奉去一笺，不知阿兄遄归。今会阿兄于此，亦余梦魂所不及料，宁非苍天垂愍？先母重泉慰矣。"

第二十七章

余等暂与潮儿为别，遂向雪梅故乡而去。陆行假食，凡七昼夜，始抵黄叶村。读者尚忆之乎？村即吾乳媪前此所居，吾尝于是村为园丁者也。顾吾乳媪旧屋，既已易主，外观自不如前，触目多愁思耳。余与法忍投村边破寺一宿。晨曦甫动，余同法忍披募化之衣，郎当行阡陌间。此时余心经时百转，诚无以对吾雪梅也。

既至雪梅故宅，余伫立，回念当日卖花经此，犹如昨晨耳。谁料云鬓花颜，今竟化烟而去！吾憾绵绵，宁有极耶？嗟乎！雪梅亦必当怜我于永永无穷。余羁縻世网，亦恹恹欲尽矣。唯思余自西行以来，慈母在家，盼余归期，直泥牛入海，何有消息？余诚冲幼，竟敢将阿姨、阿母残年期望，付诸沧渤，思之，余罪又宁可逭耶？此时余为战兢而前，至门次，颤声连呼："施主，施主！"

少选，小娃出，余审视之，果前此所遇侍儿，遗余以金者。侍儿忽而却立，面容丧失，凝眸盼余二人，若识若不识。

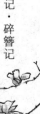

余未发言，寸心碎磔，且哭且叩侍儿曰："子还忆卖花人否耶？雪姑今葬何许？幸子导吾一往，则吾感子恩德弗尽。吾今急不择言，以表吾心，望子怜而恕我。"

侍儿闻余言，始为凛然，继作怒容，他顾久之，厉声曰："异哉！先生，人既云亡，哭胡为者？曾谓雪姑有负于先生耶？试问鬻花郎，吾家女公子为准魂断也？"言至此，复相余身，双颊殷然，含频言曰："和尚行矣。恕奴无礼，以对和尚。"

语已返身，力阖其扉。余正垂首，无由申辩，不图竟为僮娃峻绝，如剸余以刃也。余呆立几不欲生人世。良久，法忍殷殷慰藉，余不觉自缓其悲，乃转身行。法忍随之。既而就村间丛冢之内遍寻，直至斜阳垂落，竟不得彼姝之墓。俄而诸天曛黑，深沉万籁，此际但有法忍与余相对呼吸之声而已。余低声语法忍曰："良友，已矣，吾不堪更受悲怆矣！吾其了此残生于斯乎！"

法忍闻余言，仰首瞩天，少选，以悲哽之声，百端慰解，并劝余归寺。明日更寻归途。余颓僵如尸，幸赖法忍扶余，迤逦而行。呜呼！"踏遍北邙三十里，不知何处葬卿卿。"

读者思之，余此时愁苦，人间宁复吾匹者？余此时泪尽矣！自觉此心竟如木石，决归省吾师静室，复与法忍束装就道。而不知余弥天幽恨，正未有艾也。

非梦记

吾邑汪玄度，老画师也，其人正直，为里党所推。妻早亡，剩二女，长曰薇香，次曰芸香，均国色，玄度自教二女绘事。有燕生名海琴者，其父与玄度世交，因遣之从玄度学。既三年，颇得云林之致，而生孜孜若无能也。玄度爱生如己子，欲以薇香妻之；生之父母，俱皆当意。生行年十二，遭母丧，父挈之博游西樵。逾年归，将为生行订婚之礼，不料以消渴疾卒，生惟依其婶刘氏。后三年，玄度重以姻事闻于刘，刘意殊不属，乃婉言曰："待之，待之，更三年议此未迟也。"

　　一日，刘假无心之词，问生曰："汝爱薇香否？"生视地不答。刘曰："薇香，好女子也，惟我问诸算命先生矣，恐不利于汝，故为汝辞之耳。"生愈不语。

　　过四日，生得沉疾，刘百问不一答。刘心知其理，耳语之曰："我有甥女凤娴，与薇香不上下，定为汝娶之，勿戚也。薇香但善画，须知画者，寒不可衣，饥不可食；岂如凤娴家累千金，门当户对者耶？"生不语如故。

　　又过五日，生病稍痊。刘大悦，命侍婢阿娟以玫瑰点心进之。诘朝，生徐行至燕处之室。甫入，见刘与一靓妆

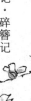

之女郎共话。女突见生，即起立欲避。生凝瞩不转。刘见生，慰问倍切，忽而微哂，引女郎之手，即问生曰："昨日点心美乎？"

生曰："厥制滋佳。"因问所白来。刘向女郎言曰："汝今日更为海琴多制百枚，彼病新瘥，食量必倍于汝。"

此时，女郎红上梨涡。生肃然欲退，刘止之，笑曰："海琴今日见嘉宾不拜，何也？既啖人家点心，不当道谢耶？"

生如言，与女郎为礼。女亦莞尔，盈盈下拜。此觌面之始也。停午，女亲持重酪及饼子馈生，生亦欣然相受。抵暮，生患又发，体中温度逾四十。第二日，人略清爽，复见女郎软步温香，捧药而进。自是，殷勤调护，彼此默不一言。

一夕，生目稍瞑，忽觉有人即枕畔引生右手，加诸鼻端闻之，复倾首以唇樱微微亲生之腮。迄生张目而视，则女郎悄立于灯畔，着雪白轻纱衫，靡颜腻理。二人眼光频频相对，生中心愈觉摇摇。久之，微启女郎曰："阿姝悴矣。"又曰："何事见教？敬烦阿姝以芳名见告。"女低鬟不应。

有间，生再问曰："婶娘安睡未？"女又不应，然见生发问，若欣欣然有喜色，即探怀出一嵌珠小盒授生，回身而去。

厥后，生久不睹女郎，乃私叩阿娟曰："前日女郎何人也？"阿娟笑而不答。他日又问，附耳曰："汪家薇香，公子认得未？"

既而，生自念薇香贞默达礼，吾虽在病中，岂容为我侍侧？矧以香盒见贻，于礼尤悖。生不见薇香七稔，然幼小之时，知其腰纤细，发茂密，及其双涡动处，今日尚历历忆之。继而更设一想，谓此女郎或吾在梦中所遇，非真薇香，殆阿娟绐我耳。执盒细瞻之，异常精好，凝香如故，则又明明非梦。使阿娟之言属实，何以容发并不符协？此际百思亦不能得其真。综之，此女郎非薇香，即凤娴，非凤娴，即薇香，舍此二人，姊娘决无遣看病榻之理。由是往复推勘，如入魔不醒。忽而急起呼曰：“阿娟，汝趣告主母，公子非薇香，即毕生不娶也。”

　　数日，生似愈而非愈。刘复慰曰：“汝须自宁其神，明春为汝娶薇香也。”生自此日，为状微适。有僧名遣凡者，与生素旧，微窥其情，随时示以《般若》意旨，令自开悟。而生执于滞情，疑信参半。

　　破夏，遣凡约生赴鼎湖，居报恩寺四十余日，病仍弗瘳。一日，生泛舟过一桥，有二女行钓水边，微风动裾，风致乃如仙人。生审觇之，的与垂髫时无参差，正薇香姊妹也。心跃然动不已，知阿娟之言果妄。既归，访之小沙弥，方知玄度寄寓宝幢南院。明日，晨斋毕，生谒玄度。玄度粗衣垢面，而神宇高古，方伏案作画，画松下一老僧，独坐弹琴，一鹤飞下。既竟，命生为题之。生接笔构思，少选，书一绝句曰：

　　　海天空阔九皋深　飞下松阴听鼓琴
　　　明日飘然又何处　白云与尔共无心

　　玄度自捻其须曰：“字迹类女子，然小诗可诵也。”已而告生曰：“吾来已两月。一二日须返里，为先人修墓。汝软弱，于此静养为宜，吾事毕，即来看汝。”

　　生闻言，戚然改容，知不能与薇香于此图良会也，遂辞

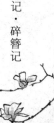

断鸿零雁记·碎簪记

其师，出门惘惘。路上遇韦媪迎面言曰："久未见公子，公子面容瘦峭，何也？我正有无穷之言，宜加质问，公子许我乎？"生心滋异，回忆媪是薇香奶母，慈祥之人也，恭谨答曰："惟媪之命。"

媪第一问曰："颇闻人言，公子已定婚，其人丽且富也，非软？"生曰："未之前闻。"

第二问曰："公子髫龄时，与薇香甚相亲爱，今公子忆念之乎？"生曰："深忆之。"

第三问曰："薇香曾有何物赠公子？"生曰："有其亡母所遗波斯国合心花钗。"

第四问曰："今犹在否？"生曰："珍藏之。"

最后第五问曰："公子爱花钗，抑爱表妹之香盒耶？"生始耸然不能为辞，相顾良久，反问媪曰："媪哪由知香盒事？"

媪不答，即正色言曰："薇香倾心向公子以来，匪日不思公子，密告我曰：'不偶公子，不如无生。'我深念薇香虽贫，公子夙称风义，固如是负一女子耶？"

生从容答曰："我心亦如薇香。此事禀父母之命，我实誓此心；天下女子，非薇香不娶也！"遂将得病受盒诸事，一一白媪。媪始省刘之用心，并非公子忘怀。

生潸行，曰："上帝在天，矢死不移吾志！"媪曰："佳哉，公子之言也！公子珍重千万！我他日会令薇香见公子，望公子勿泄于人。"

生归寺中，日思日惧，——知刘果无意于薇香。

一日，闲步至山门，见柳瘦于骨，山容萧然，知清秋亦垂暮矣，即以此日辞遣凡归家。遣凡勉之曰："子有夙慧，我深信之。毋近绰约，自不沉烦惑之海，子其念之。"

生抵家，日伺韦媪之践其前约。忽而阿娟趋至，瞪目谓生曰："公子且登楼，有事相告。"生果从之登楼。阿娟当窗以千里镜授生，遥指泽边言曰："公子谛视之，勿误也。"

生引镜临眺，远远一女子，倚风独盼，审视，赫然薇香也。俄一男子步近其前。生觉手足酥软，坠镜于地。阿娟扶之下楼，生几半日不动。

阿娟乘间曰："言之，或勿讶耶？吾见此状不一次矣，以公子不在家，未即进言于公子。前时公子见问侍汤药者何人，吾以为薇香，今则知实为公子表妹凤娴也。表妹幽闲贞静，爱公子罔有悛心；而薇香之为人，公子殆有以见之矣。然公子当日要吾告主母，非若人不娶，吾诚不知公子于义何取？或公子未知其人底细。主母时亦有言，在理应为公子娶薇香，然而婚姻事大，既微闻此女有解佩遗簪之行，则此女何得污吾公子？主母故遣表妹一见公子，以试公子怀抱。奈何公子不察，口口声声，谓非薇香不要，至于苦病连绵。今公子自思，岂可以金玉之质，为衒女摧折？其憨真不值薇香之一笑。公子诚能自净其心，一依主母之命，则吾亦借公子洪福，承迎公子，终身享有齐眉之乐。愿公子审思之。"阿娟言毕，生注目视几上书簏，默不一语。

明日，阿娟引凤娴入生之室，而告生曰："公子病中存问之人也。"言已遂行。凤娴始以轻婉之声启生曰："表兄玉体少安耶？"生应曰："敬谢表妹。"

二人寂然而立，空庭落叶，二人一一听之。凤娴觇生睫间似有泪痕，婉慰之曰："望苍苍者佑表兄无恙。"言已乃出。

既而稍停趾，似待生发言。生果有言曰："请表妹得闲来坐。"

凤娴既去，生复悄然自念。移时即启书簏，出花钗，以帨扰泪，然后裹之，呼阿娟告曰："为我敬还薇姑，言公子家法严，不容久藏此物也。"

一日，淡云微雨，凤娴独至生室，助生理浴衣。壁上有镜，凤娴对镜而坐。俄而徐徐引其眉角向生，言苏州女子于傅粉一道，独有神悟。盖凤娴生长苏州，好纤纤而谈苏州之事，间以昵辞。生但唯唯。继而坐于生侧，卷其纤指央生曰："表兄试猜吾中指何在？"

生猜之不中。凤娴微笑，执生之手，自脱珊瑚戒指，为生着之，遂以屦亲生唇际，欲言而止者再，乃嗫嚅言曰："地老天荒，吾爱无极。"言已，竟以软玉温香之身，置生怀里。

生自还钗之后，心绪凄怆，甚于亡国。凤娴备悉其事，故沾沾自喜，以为生正在回心转意，徐徐输以情款，即垂手而得。刘即时时引生同凤娴游履苑中。生益忱然，觉天下无一事一物，能令其心生喜悦者。猛忆遣凡平昔所言，款款近情，殊非虚妄。

作计既定，即托病，辞刘重往鼎湖。刘不知生已绝意人世，频使凤娴传问。生则凡百求弃于凤娴。而凤娴浓情蜜意，日益加切。一日，大雾迷漫，生晨起引目望海，海沉沉无声。久之，亦似沉吟语曰："世人梦中，悠然自得真趣；若在日间，海阔天空，都无意味也。"

生正在垂眉闭眼，适其时微闻足音，憬然回顾。则凤娴、阿娟同至。生延坐曰："谢表妹远道临存。"凤娴曰："我来求教，何言谢也？"忽而愕视生曰："表兄胡为颜色猝变？寺中风露侵人。表兄今日同吾归乎？"生乃凝思曰："表妹勿为吾忧，吾山居乐也。"

阿娟将荔枝进生，凤娴为生擘之。此时各有心绪，脉脉不宣。阿娟既退，凤娴含笑问曰："有人咏荔枝壳云：'莫道红颜多薄命，昨宵曾抱玉郎来。'二语工乎？"生似有所念，已乃漫应曰："工。"

凤娴方欲再言，生颇踧踖，时见天际雁群，忽而中断，至于遥遥不见，遂对凤娴脱口言曰："累劳玉趾，良用歉仄。既承垂爱，今有至言相告：吾多病，殆不能归家，即于寺中长蔬拜佛，一报父母养育之恩，一修来生之果。幸表妹为白姊娘，请姊娘哀恕之。"

凤娴闻言，蕴泪于睫，视生曰："表兄，此言何谓？吾岂敢传于尊姊？须知吾身未分明，万一尊姊闻此言，以为吾必有所开罪于表兄，则吾与表兄无相见之日，表兄彬彬温蔼之人，岂忍之乎？吾亦知有一人牵表兄之臆，顾其人弗端，人皆知之，表兄宁无所闻？今表兄忽以此言示，且问吾谬戾至于何地？嗟夫！表兄倾听之：海潮渐渐，是吾瘗身处也！"言讫，呜咽不已。

此时情网弥天而下，生莫知所可。又见凤娴已清瘦可怜，竟以手扶凤娴，恍然凝思。既而变其词曰："表妹既知吾言为有因，则必宥其离世之志。表妹高义干云，吾岂无感纫在心？适所言肆甚，须知吾心房已碎，不知为计，还望表妹怜而恕我。表妹慎勿哭，人且来。"凤娴即曰："然则表兄知所趋避矣？"生欷答曰："自今以去，常接表妹欢笑，不得谓非上苍垂愍。"凤娴此时如石去心，复露其柔媚之态，抱生，以己颊偎生之颊，已而力加亲吻，遂与生别。

生一夕闻僧言，玄度重来宝幢养疴。携灯参谒，则玄度病颇沉顿，二女并侍榻侧。薇香见生入，即避座而去。芸香垂其双睫，似不欲视生也者。玄度视生，乃无一言。时方雨甚，韦媪坚留生宿隔院。夜已深沉，媪持烛来视，亦甚致敬礼，已而突语生曰："公子前此使阿娟期薇香于泽畔，公子乃忽爽其约，而遣他人替代，宜乎薇香不与之言而返。敢问公子何以对薇香？其时吾曾谒公子之门，阿娟答言公子已外出。公子岂知薇香忧迫之情而怜恤之耶？薇香初意本不欲出，吾特以公子情深义重，力加劝勉，始毅然赴命耳。"

生闻言，心为一震，即仓皇答曰："此何日事？吾未尝有是约也。"媪思之，复曰："是亦不能无问。然则花钗亦非公子亲交阿娟者耶？"生曰："花钗固吾亲交阿娟，令返薇香。"媪曰："意何在也？"

生曰："此语何能答？亦不须问。今实告吾媪，吾此来鼎湖，不久当祝发为僧……"生至此，咽塞不能续言，乃逆吞其泪，颤声曰："请妪语吾亲爱之人，钗去而寸心存也！"媪此时愀然作色曰："前朝公子与一送眼流眉者相抱而泣，沙弥共见之，此曷为而然者耶？始吾叹公子信义多情，吾今然后知公子矣。"

媪与生对答时，薇香潜立户外，一一俱闻之。既返，踽椅於邑，抽刀遽欲自刭，闻其父呻楚声，则又自止，若是者三。顷之，与芸香共寝，芸香言相生仪表，决非负心之人。薇香斗忆生言"寸心存"，犹有藕断丝连之意，又思答媪之第一语，中心油然暗喜，意必有人诳生，则他时二人亲证，自能回复其心。

是夜，雨滴不止，生亦不能成寐，思媪之言，实出至诚，知前时所见，实薇香见给于人。愈思则愈见薇香淑质贞亮，决其人无他遇。天明，将还钗本末陈露于媪，深自引咎。乃归寺，汲汲无欢。

无何，玄度病卒，生出资营葬于宝幢，媪遂同薇香姊妹归乡。生亦以刘命催归。归时已不见凤娴，生始责阿娟妄言伤正。阿娟忐忑曰："不敢，既不许吾为知言，公子当后识耳。"

越日，刘谓生曰："汝终日容色不悦，何也？汝须自珍重，月内我为汝定凤娴为妇，腊月涓吉成礼，百年之好，吾为汝庆。汝前谓非薇香不娶，此汝年鬈尚轻，不晓世事。薇香德素何如，今姑勿论，使其人卓然贞白，娶之不但无一星之益，人且藐吾家世。我仔细回环，所以必为汝娶凤娴者，门户计耳，非我故为猜薄薇香。凤娴亦婉惠可爱，何悖于汝？今汝须静听吾言，勿为他人所惑，此男儿立身之道也。"

生跪刘之前，力争曰："我负薇香，独谓义何？"刘怒曰："汝但博一女子欢心，视我之言为呓辞耶？"

生此时知刘意不可挽回，时日西夕，生往叩薇香之门。韦媪肃之入，生告之故，媪令薇香庭迎。是夕，月寒霜冷，生肢体战动，无以致辞。忽进抱薇香于怀，两人胸际沉浮呼吸，息息皆闻。

良久，薇香回其含赪之面，就生微叹曰："君既迫于家庭之命，则吾又岂容违越？愿自保爱，毋以一女子伤君之怀。

吾衔恩恋德，以至于今者，以君或能娶我耳。不谓天心已定，何必更言？今兹犹得接君眉宇，于吾福命已足，复何憾也？”言已，仡然以其葱纤，轻推生手，辞生而入，不欲以泪眼向生也。生惶惧而还，不知所以。

翌晨，生忽不见踪迹，三日并无音耗。刘以薇香诱生讼于官，官乃刑鞫薇香，薇香无言，遂押薇香于女牢，生不知也。薇香颜色憔悴，不可复言，然自念为生之故而受厄，甘也。生辞家行至虎山，盈眸寂乐，乃为僧。数十晨夕，忆薇香不已，请一村妪潜修音问。芸香得书，辞甚瑰丽。芸香不敢泄其事，便同韦媪寻生，欲生归，一白其姊之冤。二人至钦州，值江上盗贼蜂起，劫芸香以去。媪望门乞食。薇香不知也。

先是邑中有巨富姓陈名道者，求生之画，累年不得，厥心违怨。偶游虎山，忽见生，即归，具禀有司，谓生与石剑儒同党，今潜迹沙门，恐有犯上之事。时巡抚某公，素知生名，因亲往寺中，与生闲谈，甚敬爱之；临行，密以实情告生，令即去。及生离山未半日，而某公捕生之缇骑发矣。

生穷寒路次，由是变易姓名，鬻画为生。两阅月，至烟村，地去大良十数里。有老人见生行步容色可怜，款生于别馆。生一夕独坐凝思，冀伊人之入梦也。忽见凤娴窈步入室，容发如旧，生惊愕欲绝。凤娴审视生，灭灯同坐，微微太息。然后低声言曰：“表兄勿骇，老人吾祖也。今晨闻婢辈谈客窈窕无双，又见手笔，知是表兄。比闻官府求表兄颇急，未审何因？幸表兄不以前事告吾祖父。似未知表兄今欲何行？”生默坐不应。凤娴双手揽生，凄然下泣曰：“吾愧汝念汝，情何极也！"

已而，生依所教，作书慰刘，将避地大良。凤娴为生备资甚丰，将新制凤文之绥，亲为生束之。黎旦，生别凤娴。半月，得从间道达大良，止于波罗寺。寺为明时旧构，风景大佳。生饮水读书，狷行自喜，人间幻景，一一付之淡忘。僧众尊敬之。

明年秋，有女眷游息于寺，生瞥见一青衣，面容动静酷肖芸香，殷勤瞻瞩，问其名居，不告。明晨，生于窗上得芸香手简，始知薇香系狱，媪流落无方，生魂胆俱丧。束装归家，凤娴已俟生久矣。刘请释薇香。薇香出狱，自归屋中，空无一人。生投书薇香，尽言为僧及遇芸香之事。薇香披文下涕。辄思自裁，又恐贻生母子之忤，遂寄食于邻媪，为人绣花朵以自度，矢志不嫁人；或劝薇香，薇香不听也。

忽一夕，生约薇香于疏星之下，以伤切之声言曰："父母双亡，亦有何乐。薇香知吾言中之意乎？"薇香俯首低声曰："知之。"

生曰："善。吾爱汝，心神俱切，顾运与人忤，吾两人此生终无缘分矣。今兹汝我前事，都不必提，惟吾两人后此之心，当如何得其归宿，则不能不于此夜今时解决之耳。"

薇香再三叹息，乃谨容答曰："人生为泪，死为魂耳。吾前此不曾谓君毋以我累君家庭之乐乎？"生曰："然，事势至是，婉恋之情当即断绝。然而天地绵绵，我今试问汝立志不嫁他人，亦有以教我作人否？"薇香曰："此言何为至于我哉？女子不嫁，寻常事耶。"

生反复与言，终无动志，乃跪薇香之前，言曰："汝不嫁人，我亦终吾身不娶；婶娘如见逼者，有死而已！"薇香扶生于怀，言曰："是何言耶？君殊亦未为吾计也，须知吾之处境，实不同君，君如学我，是促吾命耳；君果爱我者，舍处顺而外，无第二义。望君切勿以区区为念，承顺尊婶，一不辜尊婶之恩，二不负凤娴之义。吾今生虽不属君，但得见君享团圆之福，则所以慰我者不已多乎？"言至此，以指示生曰："有人！"生回望，则凤娴矗立于后，目光如何，生不能见，但闻凤娴微微一叹曰："彼何人者？"

生枯立如石人。凤娴即曰："向也阿娟谓此女眼色媚人，今乃知果清超拔俗也。"生复回视，知薇香已去，因叹曰："贤哉薇香乎！"

凤娴续曰："此言良信。表兄盍有以成其志耶？"生仰天而嘘。少间，问凤娴曰："其言一一谛听否？"

凤娴但凝睇而不答。须臾，以脸伏生胸次，言曰："表兄爱之，固其宜矣，独弗体尊婶之心，而云终身不娶？抑以我不肖，弗屑缔盟耶？"言时，娇泣不止。生知不必更语，为扶将曰："归。"

明日，生接薇香书，书仅数言。生不食而泣，三诣薇香，终不复见。刘与凤娴极力慰解。会遣凡来访，刘便使生经营行装，与遣凡重游大良，冀遣凡有以收束其心。

一日，途中见两丽人骑细马而来，其前一人顾盼不舍，其后一人微微以目示意，令生相随。生知是芸香，心骤喜，意此行必得薇香迹兆，足不觉随其后而步。

俄至一巨阀，邑邑徘徊。至日落，忽见韦媪出，漫向生曰："公子佳乎？"且言：在钦州遇盗，与芸香分散，月前乞食经此，托天之庇，复得与芸香相会；芸香自遭劫后，江学使以重金购得之，今即此家女公子侍儿也。

生问："薇香安居？"媪闻言，恨且叹曰："尊婶真不惊人！"遂执生手，叹唶频频。生战栗曰："媪语我，薇香安在？"媪终不答一言。生趋而返。

明日，晓钟未发，不辞遣凡而去。生与薇香慕恋事，遣凡微有所闻。尔日遍觅生不得，即驰至生家，生亦未返，乃呼阿娟细诘其事。阿娟略述之。

遣凡曰："薇香今在何许？"阿娟云："薇香自作书给公子，谓初心已易，即日如大良，嘱公子无庸怀顾。凶征即兆于彼夕也。"

遣凡曰："然则薇香死矣？汝亲见其死状否？"阿娟云："韦媪语我，有得素舄于江侧者，薇香遗物也；兼嘱勿言于公子。"遣凡沉思曰："公子归来，汝诚勿以此告之。"

尔时凤娴在旁，泣询生归期。遣凡徐曰："以我思之，或有相见之日。"

其后年春，遣凡行次五指山，遇一执役僧，即生也。见遣凡，不谈往事。逾数月，遣凡见生山居宁谧，遂卷单而别。

焚剑记

广东有书生，其先累世巨富，少失覆荫，家渐贫，为宗亲所侮。生专心笃学，三年不窥园。

　　宣统末年，生行年十六，偶于市买酥饼，见贵势导从如云，乃生故人，请为记室参军。生以其聚敛无厌，不许。他日，又遇之。故人曰："我能富人，我能贵人，思之勿悔。"生曰："子能富人，吾能不受人之富；子能贵人，吾能不受人之贵。"

　　故人大怒，将胁之以兵，生遂逃。至钦州，易姓名曰陈善，为人灌园，带索褴褛，傲然独得。

　　是时南境稍复鸡犬之音。生常行陂泽，忽见断山，叹其奇绝，蹑石傍上，乃红壁十里，青荸百仞，殆非人所至。生仰天而啸。久之，解衣觅虱，闻香郁然，顾之，乃一少女，亭亭似月也。

　　女拜生，微笑而言曰："公子俊迈不群，所从来无乃远乎？妾所居不遥，今禀祖父之命，请公子一尘游屐，使祖父得睹清辉，蒙惠良深矣。"生似不措意，既又异之，觇其衣，固非无缝，且丝袜粉舄，若胡姬焉。女坚请，始从。生固羸疾，女为扶将。不觉行路之远。俄至木桥，过桥入一庐，长

萝修竹，水石周流。女引至厅中。斯须，一老人出，须鬓皓白，可年八十许，笑揖生曰："枉顾山薮，得无劳止？顷间，吾遥见子立山上，知为孤洁寡合之士，故遣孙女致意于子，今观子果风骨奇秀。愿息吾庐，与共清谈，子有意乎？"生知老人意诚，而旨趣非凡，应声便许。

老人复嗟叹曰："吾山栖五十年矣，不意今之丧乱，甚于前者。"言次，因指少女曰："此吾次孙也，姊妹二人，避难来此，刚两月耳，以某将军凌其少弱，濒死幸生。不图季世险恶至于斯极也！"老人言已，凄怆不乐。

生亦喟然曰："嗟乎！有道之日，鬼不伤人。于今沧海横流，人间何世！孺子所以彷徨于此。今遇丈人，已为殊幸。孺子门户殄瘁，浪志无生，慢而无礼，惟垂哀恕。"老人聆生音词，舒闲清切，每瞻生风采，甚敬悦之。

俄，少女为设食。细语生曰："家中但有麦饭，阿姊手制。阿姊当来侍坐……"言犹未终，一女子环步从容，与生为礼，盼情淑丽，生所未见。

饭时，生窃视女。少女觉之，微哂曰："公子莫观阿姊姿，使阿姊不安。"女以鞋尖移其妹之足，令勿妄言，亦误触生足，少女愈笑不止。时老人向生言他事，故老人不觉。

饭罢，老人请生沐浴易衣，馆生于小苑之西，器用甚洁，二女为生浣衣，意殊厚。生心神萧散，叹曰："天之待我还未薄也！"

于时升月隐山，忽闻笆篱之南，有抚弦而歌，音调凄恻，更审听之，乃老人长孙也。生念此女端丽修能，贞默达礼。恍然凝思，忆番禺举子刘文秀，美貌年少，行义甚高，与生有积素累旧之欢；此女状貌，与刘子无参差，莫是刘子女弟耶？时，女缓軫还寝。明日，生欲发问，而未果言。老人语言，往往有精义，生知为非常人，情甚相慕。

又经日，老人谓生曰："吾二孙欲学，子其导之。"乃命二女拜生，生亦欣然，临阶再拜。既已，老人谨容告二女曰："公子人伦师表，善事公子，无负吾意也。"

生于是日教二女属文。长女名阿兰，小生一岁。次女名阿蕙，小生三岁。二女天质自然，幼有神采。生不胜其悦，而恭慎自守。二女时轻舟容与于丹山碧水之间；时淡妆雅服，试学投壶。如是者，三更秋矣。

一日，阿蕙肃然问生曰："今宇宙丧乱，读书何用？识时务者，不过虚论高谈，专在荣利；若夫狡人好语，志大心劳，徒殃民耳！"生默而不应。

他日，又进曰："女子之行，唯贞与节。世有妄人，舍华夏贞专之德，而行夷女猜薄之习，向背速于反掌；犹学细腰，终饿死耳。"生闻女言，怪骇而退，喟然叹曰："此女非寿征也！"

无何，生寝疾甚笃。二女晨夜省视，敬事殷勤，有逾骨肉。生深德之。月余，生稍愈，徐步登山，凌清瞰远。二女亦随至，生止之，二女微笑不言，徘徊流盼。久之，阿蕙问生曰："公子莫思歇否？"生曰："不也。"

此时，阿兰怅然有感，至生身前言曰："公子且出手授我。"遂握生手，密谓之曰："公子非独孤粲耶？妾尝遇姻戚云，公子交易姓名，尝佣于其家。姻戚固识公子有迈世之志，情意亦甚优重，特未与公子言之。请问公子，果如所言否？"

生曰："果如所言。"

生良久思维，遂问阿兰曰："识刘文秀乎？"阿兰惊答曰："是吾兄也。曩日吾等避乱渡江，兄忽失踪，后闻在浙右，今即不知在何许。妾亦尝闻兄言，朋辈中有一奇士，姓独孤，名粲。妾故企仰清辉久矣，不图得亲侍公子之侧。妾向者朝晚似有神人诏妾曰：'独孤公子，为汝至友，汝宜敬奉。'妾亦不知其所以然，然妾心侍公子，实奉神人之诏。妾早失父母，公子岂哀此薄命之人，而容其陋质乎？"言毕，以首伏生肩上，凄然下泣。生亦嗟叹无言。

忽闻阿蕙在侧曰："公子病新瘥，阿姊何遽扰公子？阿姊固情深，公子岂是忍人？悲乃不伦，不如扶公子归耳。"

时夜将午，忽红光烛天。老人执生臂曰："噫，乱兵已至此矣！"言已，长揖生曰："吾老，不复久居于世，我但深念二孙。吾久将阿兰许字于子；阿蕙长成，姻亲之事，亦托于子。"老人言毕，抚其二孙恸极，呕血而死。生与二女魂飞神丧。时有流弹中屋，屋顶破，三人遂葬老人于屋侧。

生念："吾身世孤子，死何足惜？但二女可怜，他乡未必可止，吾必护之至香港，使自谋生。不负老人之托。"时二女方哭于新坟之侧，生勉携之至山脚，二女昏然如醉，生抱之登小舟，沿流而下。已二日，舍舟登陆，憔悴困苦，不可复言。村间烟火已绝，路无行人，但有死尸而已。此时万籁俱寂，微月照地。阿蕙忽牵生手，一手指丛尸中，悄语生曰："此尸蓬首挺身欲起，或未死也。"

生趋前问尸曰："子能起耶？"尸曰："苦哉！吾被弹洞穿吾肩，不知吾何罪而罹此以厄也？汝三人慎勿前去，倘遇暴兵，二女宁不立为齑粉？暴兵以半日杀尽此村人口。此虽下里之民，然均自耕而食，自织而衣，素未闻有履非法者。甚矣，天之以人为戏也"

生即扶其人徐起，其人始哭。哭已，续言曰："吾有老母爱弟，并为暴兵戮死，投之川流。继而吾中弹，忍痛潜卧尸中，经一夜一日。今遇汝三人，谢上苍助我。此去不远，为吾田庄，汝三人且同留止，暂避凶顽。"生扶其人，徐步至庄。庄内已焚掠一空。其人赴围栅之侧，知新米一包尚在。二女于是采葵作羹，四人得不饿。

过三朝，其人出村边一望，闸口有木片钉塞，傍贴黄榜朱字云：

"此是鬼村，行人莫入。"

其人归告生曰："吾姓周，名阿大。此即周家村，好事者今以'鬼'名吾村，咸相戒不敢近，不知犹有我周大一人未死。天下奇事固多，不料吾年四十，始身受之。"

更逾数朝，有人于闸口潜窥，见生等形状枯瘦，疑为行尸。——二女久不修容，憔悴正如鬼也。

忽有一人窥见阿大，问曰："汝是鬼邪，或阿大未死也？"阿大见此人是邻村旧识，具陈本末；且言有友携妹，欲诣前村求食，求友为先容，庶不见疑为鬼魅。友遂开闸，与四人行至其家。友曰："村人父老，死亡过半；幼少者亦随乱兵而谋衣食。"友出资，为四人略置衣服。

停数日，阿大疮处已平，四人雇帆船，风顺，五日达于香港。二女有姨氏住德辅道，甚有衣食，二女得姨氏所在。姨氏老矣，见二女婉慧可爱，大悦。姨氏止有一子，岁岁往

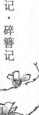

外国经商。姨氏每顾二女，事事过人，颇慰晚景。周大即留为纲纪。生自是如释重负。

一日，与阿兰连臂登赤柱山，望海神伤。生顾阿兰曰："我行孤介，必不久居于此。"阿兰闻之，戚然改容，几半日不言，俄低鬟问曰："公子今欲何行？"

生曰："吾自今以去，从僧道异人却食吞气耳。"阿兰便曰："妾同行，得永奉欢好，庶不负公子之义，使妾殒殁，亦无恨也。"

生曰："是何言也？余孤穷羸弱，何足以当！"女凝思久之，顾生曰："妾知公子非负心者，今所以匆匆欲行，殆心有不平事耳。"生闻言，耸然掣阿兰之手，歆不能自胜矣。

此时，阿兰深感娇泣，言曰："士固有志，妾与妹氏居此，盼盻公子归来。"生诺。二女便资给于生，莫知去处，阿兰再三叹息。

其年，香港霍乱甚厉，姨氏挈二女移寓边州。沿海风光秀丽。二女日与渔妇闲话，亦觉悠然自得。

姨氏闲向阿兰曰："语云：'竹门对竹门，木门对木门。'汝姨母为汝关怀久矣。吾有梁姓外孙，才貌相兼，家道颇赡。吾昨以求亲之事，闻于外氏，外氏甚悦。但愿汝福慧双修，以慰吾念也。"阿兰闻语，视地久之，具以诚告其姨氏曰："吾舍独孤公子外。无心属之人。今虽他适，公子固信士，异日必归。请姨母勿以为念。"

姨氏笑曰："公子佳则佳，然其人穷至无袴，安足偶吾娇女？吾非不重公子为人，试思吾残年向尽，安忍见吾娇女度贫贱之日？此婚姻之所以论门第，吾不可不慎也。"阿兰曰：

"士患无德义，不患无财；人虽贫公子，吾不贫公子也。"他日，姨氏复劝阿兰罢其前约，阿兰终不改其素志，至于九喻。姨氏怒。阿兰日夜悒怏，都不寝食。

经一月，生更无消息。阿兰知村间风俗劣，有抢婚之事，遂背其妹、阿大等，潜至香港，佣于上环伍家。女居停遇之甚殷渥，收为义女。

女居停有外甥莫氏来省，忽窥见女，以为非人世所有，及归，神已痴矣。父母苦问之，始得其故，于是遣人至伍家说意旨。居停欣然许之。

其人去，居停乃微笑向阿兰曰："古有明训'男大须婚，女大须嫁。'吾今为汝觅得佳婿矣，则吾外甥莫氏。其人望族也，尝游学于大鹿国，得博士衔，人称洋状元，今在胡人鬻饼之肆任二等书记。吾为汝贺。"阿兰闻言不答，居停以为阿兰心许矣。

过三日，阿兰知期已逼，长叹曰："人皆以我为贸易，我无心以宁，无颜以居，我终浪迹以避之耳。"遂行。

时薄暮，于九龙岸边逢一女子，年犹未笄，敛裾将赴水死。阿兰力救之。女曰："吾始生失母，父名余日眉娘。继母遇我无恩，往往以炭火烧余足，备诸毒虐。父畏阿母，不之问。邻居有老妪，劝余至石塘为娼，谓一可免阿母猜忌，一可择人而事。妪之言虽秽，然细思，妪实至情之人，妪之外，更无一人愍我喻我者为可哀耳。"言已，哭泣甚哀。

阿兰亦泫然流涕，不知所以慰之，久乃抚女言曰："汝且勿悲，吾身内有金数钚，可与汝潜遁他方，暂觅投身之处。"

女感阿兰言，从之。二人以灰炭自污其面，为乞妇状。

断鸿零雁记·碎簪记

旬日，至东馆西约十里，日将西坠。有军将似留学生，策马而至，见二女，勒马欲回。二女拜跪马前求食。军将笑，以手探鞍，举一人腿示二女曰："吾侪以此度日，今仅余一腿，尔曹犹欲问鼎耶？"言已，纵辔而去。

二女惊骇欲绝，相扶徐行。至一山村，有老者荷薪而归。二女问："是间有乱否？何以军中以人肉为粮也？"老者不答。女凡三四问，老者厉声曰："一何少见！吾袋中有五香人心，吾妻所制，几忘之。"言已，出心且行且嚼。二女见状，忧迫特甚：此村以人为食，他事岂复可问？然日暮穷途，无可为计。

二女相携，至一旅店求宿。有女人出应，款对颇周。店内旧劣不堪，后有小门；邻屋即主人所居，无门相通。主人既出，倒锁店门归寝。

时夜将半，阿兰忽闻女主人屋有老人细声笑曰："女子之肉，嫩滑无伦。"又闻女主人笑声。阿兰就板缝中潜窥，则向所遇食人心者。

女人又言："刀已四日不用，恐有锈。"

老者曰："吾当磨之。"言已，向床下牵出一蒲箱。老者方启箱取刀，阿兰命眉娘即起，轻拔后关而遁。既出，于疏篱外觇之，老者灯下磨刀，窣窣有声。

二女急走。时有新月，至村侧东转有堤，见稻草堆。二女俯身匿其下，觉甚空虚。遂入，中如小室，上有数孔通光，女心稍安。阿兰更于草下得一箱甚重，审其为富人之物，旁有驼毛毡、气枕以及里丁、饼干十数罐，意村有富人藏此，用备不时之需者。二女分饼干一罐，纳袋中，余无所取。

天明，二女方行，回顾村中，积水弥望，继有凄厉之声，随风而至，始知大水为灾。二女于村庙中得破鼓，仅容二人，遂乘之，顺流而往，若扁舟泛大海。数日中，见难民出没，绝为凄惨，频以饼干分赠之。

眉娘为阿兰言曰："吾记得幼时居外家，亦遭水患，吾随外祖父止于屋背。同村有贫富二人，亦息树间，经八日有半，富人食物将尽，贫者止余熟山薯二，此其平日饲猪之物。富人探囊，出一金锭示贫者曰：'若以薯子分我，我即与汝此金。'贫者以一薯易金。久之，复出一锭，向贫者言如前。贫者实饥，而心未决。富人曰：'子何不思之甚？昨夕天边发红光，明后日水必退。子得金，何事不办？'贫者心动，竟从之。富人留薯不食。又半日，贫者饥甚，垂死，富人视之恝然。迄贫者气绝，富人徐将所予二金锭取还，推其尸水中。入夜，水果退。吾外祖见富人大恶，取楛击其头。富人不顾，但双手坚掩其袋，恐楛中其金锭也。"

阿兰曰："此非怪事，世人均以此富人之道，为安身立命之理，可叹耳！"

亡何，大水既退，二女行乞如故，亲爱愈极。阅两月，阿兰暴病卒于道中，弥留之际，三呼独孤公子，气断犹含笑也。

眉娘顾左右悄无人居，时夜已深，行入林中，遥见有灯火之光。既至，有宅门，徘徊独泣。俄有人出问故，眉娘跽曰："吾乞儿也，吾姊死于途，今欲鬻身以葬吾姊耳。其人入，商之其妻。已而出，对眉娘曰："我是贩布客，汝留亦善。"明日，夫妻二人将阿兰尸殡殓。见眉娘眉如细柳，容颜朗秀，夫妻倍怜之，视如己女。

居数月，夫妻携眉娘往南雄贩布，颇得资。将归，过始兴县南驿三十里外，夜投逆旅，遇贼，杀夫妻二人，劫眉娘及钱财。方登船，见一男子驰至，捉贼左腕，挥剑断之。三贼奔走。问眉娘何处人？眉娘掩涕拜谢，具言身世所经。男子闻眉娘说阿兰名字，默行数步，掷剑于地，仰天潸然曰："阿兰竟去人寰！我流离四方，友仇未复。阿兰在幽冥之中，必能谅我。"

眉娘听男子言此，回身怒诘之曰："吁！若即吾姊临命所呼之独孤氏耶？负心若此！试问，吾姊停辛伫苦，以待何人？吾诚不愿见若！"言讫，于地取剑，欲自刎，生夺剑阻之；更欲跃身江流，亦未果愿，生哭泣止之。

良久，眉娘歆言曰："吾闻姊有胞妹在边州，汝能送我到边州，见妹氏，返九龙，省吾父，然后死无憾耳。"生善其志行，从之。收剑卷之，如卷皮带。与眉娘上贼船；解维，过江，下汝水，六日达红梅驿。

二人登岸，以兄妹相呼，免路人见疑。寻到边州，二人果遇阿蕙、周大二人于海岸拾贝壳。二人见生，非常欢惬。及眉娘述其姊行状毕，阿蕙恸哭失声，思往谒姊氏墓，又不知处所。明日，生即送眉娘返九龙，生倏然不知去向。

眉娘至家，不敢入门，即访邻姬。姬即前日劝眉娘当娼者也，见眉娘，惊视，愀然问曰："吾久不见汝，汝继母言汝已死，吾甚哀汝生之不辰也。汝父前月无故而逝，或未知欤？"言时就眉娘耳语再四。已而摇头叹曰："天下黑心娘子，比比然也。"眉娘哭不可抑，姬慰之曰："汝今后可住吾许，汝母见汝，必杀汝也。"眉娘日夜涕泣，频欲自杀，妪频救之。

妪一夕语眉娘曰："汝未闻吾少年之事，有甚于汝万万倍，今为汝言之，或能减汝悲怀：

"吾实非本地人也，吾父姓杨，是云和人，有田十亩，娶吾母沈氏，颇有贤德，为乡党所推。吾父终日纵酒，家计日艰。吾生而腰细，人咸呼曰'细腰'。六岁，慈母以时病弃养。吾父将余托外氏，即往申江，购一牛头车，为行客载重，亦颇得钱，然每为东洋车夫藐视。遂易其业，购一东洋车，得资倍于前，而又苦马夫凌辱，吾父叹曰：'使吾为马夫，亦当受制于汽车夫也！'乃安之。忽一日，富春里赛寓有一妓，名傅天娥，雇吾父车。偶于酒楼下与同业者闲谈，吾父因问曰：'此妓貌不及中人，何以生意甚佳？'同业曰：'汝不知此乃名妓傅彩云之雏妓耶？彩云为洪状元夫人，至英国，与女王同摄小影。及状元死，彩云亦零落人间。庚子之役，与联军元帅瓦德斯办外交，琉璃厂之国粹，赖以保存。瓦德斯者，德意志雄主推毂之臣，乃慕彩云之风流，诏入禁内，常策骏马出入宫门。是故人又叹之曰'曾卧龙床者'。又闻任长尝充彩云译官。今彩云老矣，神女生涯，令人有尊前白发之感耳。吾父闻至此，不觉鼓掌而叹曰：'然则此人亦名留青史矣。'吾父思久之，私谓：'此一粉头耳，计今夕车所停二十余处，顾曲之人，何止半百？一人一金，已足吾一岁之需。思吾女细腰已长成，容貌胜此女多多，吾何不携来，令学歌舞，吾何愁不为封翁？他日吾女或亦名垂竹帛，正未可料。'其岁，挈余至申江，托余于一苏州妇人，命余呼之为母，明年。余艺成，始知命薄而背人揾泪也。吾父得资，仅足度日及吸烟之费。吾父常念余孤苦，欲赎余归。初余落籍，吾父仅收四十金，而是时余身价已涨至三千，吾父何处得金赎吾？惟有忍泪吞声而已。更一年，吾父一贫如故，来申欲一见余面，假母亦不见许。吾饥不加食，寒不加絮。房中有侍儿曰阿崔，容态润媚，客多悦之，常与我商量曰：'身为女子，薄命如斯，止得强颜欢笑，如遇性情中人，即可事之，不必富人，亦不必才子。余思其言有至理，然而余视过客，无一善裔，正如过客之视余侪无一贞静之人也。逾日，有广东胡别驾，慨然以四千金为余脱籍。余喜不自胜，以为从此可报父恩于万一；岂知余出苦海，而吾父已殁数月，亦实命不犹也已。吾夫带余来香港，家人与我均无缘分。我身世至此，虽欲上顺翁姑，下怀弟妹，而翁姑弟妹，咸以我为外江妖怪；吾夫又日日虚词诡说，视我为一玩具。既不得家庭之乐，岂有人生之趣？我委顿床枕之日，即秋扇见捐之时。我在云和虽贫窭，或有乡人愍我；今即一下堂倡女，谁复能一顾耶？"

姬言毕，于灯下重理其麻，续曰："吾今日日为店家压麻为线，可得少资自赡，亦不欲怨天尤人，但怨命耳！"眉娘听姬言，低鬟垂泪久之，婉语慰姬曰："姬勿忧，吾闻天无绝人之理，吾当为奴婢，觅一栖身之所，然后助姬度日，接欢笑。"姬闻言，喜极，抱眉娘哭曰："谢上苍怜我也！"

眉娘乃佣身于烟馆，夕宿姬家。忽一日，眉娘见独孤生翻然而至，踞榻捉一烟客，徐喻之曰："吾四方觅汝久矣，汝非蒋少轩之友乎？何以始谋其财，继害其命，而终夺其妻也？"烟客惊震，跪于地曰："吾知罪过。吾与少轩在东洋读书，甚相友爱。吾之所以至今日穷无所依者，均听信其妻之言耳。今其妻已嫁一司令官，亦少轩同学。吾今殊追悔前此所为，望饶命也。"

生即出剑割其两耳，纵之去。时坐客皆欷歔感叹。眉娘遂出拜生，生喜眉娘无恙。烟馆主人备闻生及眉娘之事，慕生之义，而叹眉娘之苦，主人遂请于生及妪，收眉娘为发妻。

后眉娘儿女成群，遇妪如己母。

生为其友复仇之后，喜眉娘有托，即赴边州。既见周大，问阿蕙何在。

周大曰："嫁矣。"

生曰："无所苦否？"

周大泪涟涟答曰："嫁一木主耳。"

生叩其详，周大曰："初阿兰去后，姨氏即将阿蕙许嫁梁姓外孙，而不与阿蕙言其事，今春过门之期将至，始具言于阿蕙。阿蕙故婉顺，不逆姨氏意。讵知阿蕙嫁前数日，梁氏子发痨而卒。姨氏问阿蕙意旨向背，阿蕙曰：'既许于前，何悔于后？'姨氏喜曰：'善。汝若不嫁至其家，即吾门亦无人过问。'阿蕙遂依期出嫁，吾亦随往。其家故巨宅，先见一老苍头抱木主出。接阿蕙至礼堂，红灯绿彩，阿蕙扶侍女，并木主行婚礼。既毕，旋过邻厅，即其夫丧屋也，四顾一白如雪。其姑乃将缟素衣物，亲为阿蕙易之。阿蕙即散发跪其夫灵前，恸哭尽礼，吾不忍久视。既归，常念阿蕙幽闲贞静，今世殆若凤毛麟角。阿蕙时一归省姨氏，言翁姑视之甚厚，未尝言及身世。如阿蕙者，复何人也？"

周大言讫，生默不一言，出腰间剑，令周大焚之，如焚

纸焉。自后，粤人亦无复有见生及周大者云。惟阿蕙每于零雨连绵之际，念其大父、阿姊、独孤公子不置耳。

绛纱记

昙鸾曰：余友生多哀怨之事，顾其情楚恻，有落叶哀蝉之叹者，则莫若梦珠。吾书今先揭梦珠小传，然后述余遭遇，以眇躬为书中关键，亦流离辛苦，幸免横夭，古人所以畏蜂虿也。

　　梦珠名瑛，姓薛氏，岭南人也。瑛少从容淡静。邑有醇儒谢鼒者，与瑛有恩旧，尝遣第三女秋云与瑛相见，意甚恋恋。瑛不顾。秋云以其骄尚，私送出院，解所佩琼琚，于怀中探绛纱，裹以授瑛。瑛奔入市货之，径诣慧龙寺披剃，住厨下，刈笋供僧。一日，与沙弥争食五香鸽子，寺主叱责之，负气不食累日。寺主愍念其来，荐充南涧寺僧录。未几，天下扰乱，于是巡锡印度、缅甸、暹罗、耶婆堤、黑齿诸国。寻内渡，见经笥中绛纱犹在，颇涉冥想，遍访秋云不得，遂抱羸疾。时阳文爱、程散原创立洹精舍于建邺，招瑛为英文教授。后阳公归道山，瑛沉迹无所，或云居苏州滚绣坊，或云教习安徽高等学堂，或云在湖南岳麓山，然人有于邓尉圣恩寺见之者。乡人所传，此其大略。

　　余束发受书，与瑛友善，在香港皇娘书院同习欧文。瑛逃禅之后，于今屡易寒暑，无从一通音问，余每临风，未尝不叹息也。

戊戌之冬，余接舅父书，言星洲糖价利市三倍，当另辟糖厂，促余往，以资臂助。——先是舅父渡孟买，贩茗为业。旋弃其业，之星嘉坡，设西洋酒肆，兼为糖商，历有年所。舅氏姓赵，素亮直，卒以糖祸而遭厄艰。——余部署既讫，淹迟三日，余挂帆去国矣。

余抵星嘉坡，即居舅氏别庐。别庐在植园之西，嘉树列植，景颇幽胜。舅氏知余性疏懈，一切无訾省，仅以家常琐事付余，故余甚觉萧闲自适也。

一日，为来复日之清晨，鸟声四噪。余偶至植园游涉，忽于细草之上，拾得英文书一小册，郁然有椒兰之气，视之，乃《沙浮纪事》。吾闻沙浮者，希腊女子，骚赋辞清而理哀，实文章之冠冕。余坐石披阅，不图展卷，即余友梦珠小影赫然夹书中也。余惊愕，见一缟衣女子，至余身前，俯首致礼。

余捧书起立，恭谨言曰：“望名姝恕我非仪！此书得毋名姝所遗者欤？”

女曰：“然。感谢先生，为萍水之人还此书也。”

余细瞻之，容仪绰约，出于世表。余放书石上，女始出其冰清玉洁之手，接书礼余，徐徐款步而去。女束发拖于肩际，殆昔人堕马之垂鬟也。文裾摇曳于碧草之上，同为晨曦所照，互相辉映。俄而香尘已杳。

余归，百思莫得其解：蛮荒安得诞此俊物？而吾友小影，又何由在此女书中？以吾卜之，此女必审梦珠行止。顾余逢此女为第一次，后此设得再遇者，须有以访吾友朕兆。而美人家世，或蒙相告，亦未可知。

积数月，亲属容家招饮。余随舅父往，诸戚睆父执见余极欢。余对席有女郎，挽灵蛇髻者，姿度美秀。舅父谓余曰："此麦翁之女公子五姑也。"

　　余闻言，不审所谓。筵既撤，宾客都就退闲之轩。余偷瞩五姑，著白绢衣，曳蔚蓝纨裾，腰玫瑰色绣带，意态萧闲。舅父重命余与五姑敬礼。

　　五姑回其清盼，出手与余，即曰："今日见阿兄，不胜欣幸！暇日，愿有以教辍学之人。"音清转若新莺。余鞠躬谢不敏，而不知余舅父胸有成竹矣。

　　他日，麦翁挈五姑过余许，礼意甚殷，五姑以白金时表赠余。厥后五姑时来清谈，蝉嫣柔曼。偶怅触缟衣女子，则问五姑，亦不得要领。

　　余一日早起，作书二通：一致广州。问舅母安；一致香山，请吾叔暂勿招工南来，因闻乡间有秀才造反，诚恐劣绅捏造黑白。书竟，燃吕宋烟吸之，徐徐吐连环之圈。忽闻马嘶声，余即窗外盼，见五姑拨马首，立棠梨之下，马纯白色，神骏也。余下楼迎迓。五姑扬肱下骑，余双手扶其腰围，轻若燕子。五姑是日服窄袖胡服，编发作盘龙髻，戴日冠。余私谓：妹喜冠男子之冠，桀亡天下；何晏服妇人之服，亦亡其家。此虽西俗，甚不宜也。适侍女具晨餐，五姑去其冠，同食。

　　既已，舅父同一估客至，言估客远来，欲观糖厂。五姑与余亦欲往观。估客、舅父同乘马车，余及五姑策好马，行骄阳之下。过小村落甚多，工人结茅而居，夹道皆植酸果树，栖鸦流水，盖官道也。时见吉灵人焚迦算香拜天，长幼以酒牲祭山神。五姑语余，此日为三月十八日，相传山神下降，祭之终年可免瘴疠。旁午始达糖厂。厂依山面海，山峻，培植佳，嘉果累累。巴拉橡树甚盛，欧人故多设橡皮公司于此，即吾国人亦多以橡皮股票为奇货。山下披拖弥望，尽是蔗田。

舅父谓余曰："此片蔗田，在前年已值三十万两有奇，在今日或能倍之；半属麦翁，半余有也。"

余见厂中重要之任，俱属英人；佣工于厂中者，华人与孟加拉人参半。余默思厂中主要之权，悉操诸外人之手，甚至一司簿记之职，亦非华人，然则舅氏此项营业，殊如累卵。

余等浏览一周，午膳毕，遂归。行约四五里，余顿觉胸膈作恶。更前里许，余解鞍就溪流，踞石而呕。五姑急下骑，趋至问故。余无言，但觉遍体发热，头亦微痛。

估客一手出表，一手执余脉按之，语舅父曰："西向有圣路加医院，可速往。"舅父嘱五姑偕余乘坐马车，估客、舅父并马居后。

比谒医，医曰："恐是猩红热，余疗此症多。然上帝灵圣，余或能为役也。"

舅父嘱余静卧，请五姑留院视余。五姑诺。舅父、估客匆匆辞去。余入暮一切惝恍。比晨，略觉清爽，然不能张余睫，微闻有声，嘤然而呼曰："玉体少安耶？"

良久，余斗忆五姑，更忆余卧病院中，又久之，始能豁眸。时微光徐动，五姑坐余侧，知余醒也，抚余心前，言曰："热退矣，谢苍苍者佑吾兄无恙！"

余视五姑，衣不解带，知其彻晓未眠。余感愧交进，欲觅一言谢之，乃呐呐不能出口。

俄舅父、麦翁策骑来视余。医者曰："此为险症，新至者罹之，辄不治。此子如天之福，静摄两来复，可离院矣。"

舅父甚感其言。麦翁遇余倍殷渥，嘱五姑勿遽宁家。舅父、麦翁行，五姑送之，倏忽复入余病室，夜深犹殷勤问余所欲。余居病院，忽忽十有八日，血气亦略复。此十八日中，余与五姑款语已深，然以礼法自持，余颇心仪五姑敦厚。既而舅父来，接吾两人归，隐隐见林上小楼，方知已到别庐。舅父事冗他去，五姑随余入书斋，视案上有小笺，书曰：

比随大父，近自英京。不接清辉，但有惆怅。明
日遄归澳境，行闻还国，以慰相思。玉鸾再拜，上问
起居。

余观毕，既惊且喜。五姑立余侧，肃然叹曰："善哉！想见字秀如人。"

余语五姑："玉鸾，香山人，姓马氏。居英伦究心历理五稔，吾国治泰西文学卓尔出群者，顾鸿文先生而外，斯人而已。然而斯人身世，凄然感人。此来为余所不料。玉鸾何归之骤耶？"

余言至此，颇有酸哽之状。此时，五姑略俯首，频抬双目注余。余易以他辞。

饭罢，五姑曰："可同行苑外。"言毕，掖余出碧巷中，且行且瞩余面。余曰："晚景清寂，令人有乡关之思。五姑，明日愿同往海滨泛棹乎？"

五姑闻余言，似有所感。迎面有竹，竹外为曲水，其左

断鸿零雁记·碎簪记

为莲池，其右为草地，甚空旷。余即坐铁椅之上。五姑亦坐，双执余手，微微言曰："身既奉君为良友，吾又何能离君左右？今有一言，愿君倾听，吾实誓此心，永永属君为伴侣！即阿翁慈母，亦至爱君。"言次，举皓腕直揽余颈，亲余以吻者数四。余故为若弗解也者。

五姑犯月归去，余亦独返。入夜不能宁睡，想后思前：五姑恩义如许，未知命也若何？平明，余倦极而寐。亭午醒，则又见五姑严服临存，将含笑花赠余。余执五姑之手微喟。五姑双颊略，低首自视其鞋尖，脉脉不言。自是，五姑每见余，礼敬特加，情款益笃。

忽一日，舅父召余曰："吾知尔与五姑情谊甚笃，今吾有言，关白于尔：吾重午节后，归粤一行，趁吾附舟之前，欲尔月内行订婚之礼；俟明春舅母来，为尔完娶。语云'：一代好媳妇，百代好儿孙。'吾思五姑和婉有仪，与尔好合，自然如意。"余视地不知所对。

逾旬，舅父果以四猪四羊、龙凤礼饼、花烛等数十事送麦家。余与五姑，姻缘遂定。自是以来，五姑不复至余许，间日以英文小简相闻问耳。

时十二月垂尽，舅父犹未南来。余凭阑默忖：舅父在粤，或营别项生意，故以淹迟。忽有偈偈疾驱而来者，视之，麦翁也。余肃之人，翁愁叹而坐。

余怪之，问曰："丈人何叹？"翁摇头言曰："吾明知伤君之所爱，但事实有不得不如此。"言次，探怀中出红帖授余，且曰："望君今日填此退婚之书。"

余乍听其言，蕴泪于眶，避座语之曰："丈人词旨，吾无从着思。况舅父不在，今丈人忍以此事强吾，吾有死而已，吾何能从之？吾虽无德，谓五姑何？"

翁曰："我亦知君情深为五姑耳，君独不思此意实出自五姑耶？"余曰："吾能见五姑一面否？"

翁曰："不见为佳。"余曰："彼其厌我哉？"

翁笑曰："我实告君，令舅氏生意不佳，糖厂倒闭矣。纵君今日不悦从吾请，试问君何处得资娶妇？"余气涌不复成声，乃奋然持帖，署吾名姓付翁。翁行，余伏几大哭。

尔日有纲纪自酒肆来，带英人及巡捕，入屋将家具细软，一一记以数号，又一一注于簿籍，谓于来复三十句钟付拍卖，即余寝室之床，亦有小纸标贴。吾始知舅父已破产，然平日一无所知。而麦翁又似不被影响者，何也？

余此际既无暇哭，乃集园丁、侍女，语之故，并以余钱分之，以报二人侍余亲善之情。计吾尚能留别庐三日，思此三日中，必谋一见五姑，证吾心迹，则吾蹈海之日，魂复何恨？又念五姑为人婉淑，何至如其父所言？意者，其有所逼而不得已耶？余既决计赴水死，向晚，余易园丁服，侍女导余至麦家后苑。麦家有僮娃名金兰者，与侍女相善，因得通言五姑。

五姑淡妆簪带，悄出而含泪亲吾颊，复跪吾前，言曰："阿翁苦君矣！"即牵余至墙下低语，其言甚切。余以翁命不可背。五姑言："翁固非亲父。"余即收泪别五姑曰："甚望天从人愿也！"

明日，有英国公司船名威尔司归香港，余偕五姑购得头等舱位。既登舟，余阅搭客名单，华客仅有谢姓二人，并余等为四人。余劝五姑莫忧，且听天命。正午启舷，园丁、侍女并立岸边，哭甚哀；余与五姑掩泪别之。

天色垂晚，有女子立舵楼之上，视之，乃植园遗书之人，然容止似不胜清怨。余即告五姑。五姑与之言，殊落寞。忽背后有人唤声，余回顾，盖即估客也，自言送其侄女归粤，兼道余舅氏之祸，实造自麦某一人。言已，无限感喟，问余安适。余答以携眷归乡。

越日，晚膳毕，余同五姑倚阑观海。女子以余与其叔善，略就五姑闲谈。余微露思念梦珠之情，女惊问余于何处识之？余乃将吾与梦珠儿时情愫，一一言之，至出家断绝消息为止。女听至此，不动亦不言。

余心知谢秋云者，即是此人，徐言曰："请问小姐，亦尝闻吾友踪迹否乎？"女垂其双睫，含红欲滴，细语余曰："今日恕不告君，抵港时，当详言之。君亦梦珠之友，或有以慰梦珠耳。"

女言至此，黑风暴雨猝发。至夜，风少定。忽而船内人声大哗，或言铁穿，或言船沉。余惊起，亟抱五姑出舱面。时天沉如墨，舟子方下空艇救客，例先女后男。估客与女亦至。吾告五姑莫哭，且扶女子先行。余即谨握估客之手。估客垂泪曰："冀彼苍加庇二女！"

此时船面水已没足。余微睨女客所乘艇，仅辨其灯影飘摇海面。水过吾膝，余亦弗觉，但祝前艇灯光不灭，五姑与女得庆生还，则吾虽死船上，可以无憾。

余仍鹄立，有意大利人争先下艇，睹吾为华人，无足轻重，推吾入水中；幸估客有力，一手急揽余腰，一手扶索下艇。余张目已不见前面灯光，心念五姑与女，必所不免。余此际不望生，但望死，忽觉神魂已脱躯壳。

及余醒，则为遭难第二日下半日矣。四瞩，竹篱茅舍，知是渔家。估客、五姑、女子无一在余侧，但有老人踞床理网，向余微笑曰：“老夫黎明将渔舟载客归来。”

余泣曰：“良友三人，咸葬鱼腹，余不如无生耳。”老人置其网，蔼然言曰：“客何谓而泣也？天心仁爱，安知彼三人勿能遇救？客第安心，老夫当为客访其下落。”言毕，为余置食事。

余问老人曰：“此何地？”老人摇手答曰：“先世避乱，率村人来此海边，弄艇投竿，怡然自乐，老夫亦不知是何地也。”

余复问老人姓氏。老人言：“吾名并年岁亦亡之，何有于姓？但有妻子。日出而作，日入而息耳。”余矍然曰：“叟其仙乎？”老人不解余所谓。余更问以甲子数目等事，均不识。

老人瞥见余怀中有时表，问是何物。余答以示时刻者，因语以一日二十四时，每时六十分，每分六十秒。老人正色曰：“将恶许用之，客速投于海中，不然者，争端起矣。”

明日，天朗无云，余出庐独行，疏柳微汀，俨然倪迂画本也，茅屋杂处其间。男女自云：不读书，不识字，但知敬老怀幼，孝悌力田而已；贸易则以有易无，并无货币；未尝闻评议是非之声；路不拾遗，夜不闭户。

复前行，见一山，登其上一望，周环皆水，海鸟明灭，知是小岛，疑或近崖州西南。自念居此一月，仍不得五姑消息者，吾亦作波臣耳，吾安用生为？及归，见老人妻子，词气婉顺，固是盛德人也。

后数日，偕老人之子出海边行渔，远远见一女子，坐于沙上，既近，即是秋云，顾余若不复识。余询五姑行在，女始婉容加礼，一一为具言五姑无恙，有西班牙女郎同伴，但不知流转何方。余喜极，乘间叩梦珠事。

女凄然曰："余诚负良友。上帝在天，今请为先生言之；先生长厚，必能谅其至冤。始吾村居，先君常叹梦珠温雅平旷，以余许字之，而梦珠未知也。一日，梦珠至余家，先君命余出见，余于无人处，以婴年所弄玉赠之。数日，侍婢于市见玉，购归，果所佩物。而吾家大祸至矣。

"先是有巨绅陈某，欲结缡吾族，先君谢之。自梦珠出家事传播邑中，疑不能明也：有谓先君故逼薛氏子为沙门，有谓余将设计陷害之。巨绅子闻之，强欲得余，便诬先君与邝常肃通。巡警至吾家，拔刃指几上《新学伪经考》，以为铁证，以先君之名，登在逆籍。先君无以自明，吞金而殁。吾将自投于井，二姊秋湘阻之，携余至其家，以烛泪涂吾面，令无人觉，使老妪送余至香港依吾婶。一日，见《循环日报》载有僧侣名梦珠游印度，纡道星洲。余思叔父在彼经商，余往，冀得相遇。乃背吾婶，附贾舶南行。于今三年矣。余遭家不造，无父母之庇。一日不得吾友，即吾罪一日不。设梦珠忘我，我终为比干剖心而不悔耳！"

言至此，泪随声下。余思此女求友分深，爱敬终始，求之人间。岂可多得？徐慰之曰："吾闻渠在苏州就馆，吾愿代小姐寻之。"

女曰："吾亦为先生寻五姑耳。"女云住海边石窟，言已遂别。余同老人子行阡陌间，老人与估客候余已久。余见估客愈喜，私念如五姑亦相遇于此，将同栖绝境，复何所求？

余三人居岛中，共数晨夕，而五姑久无迹兆，心常动念。凡百余日，忽见海面有烟纹一缕，知有汽船经过。须臾，船果泊岸，余三人遂别岛中人登船。船中储枪炮甚富。估客颤声耳语余曰："此曹实为海贼，将奈之何？"余曰："天心自有安排。贼亦人耳，况吾辈身无长物，又何所顾虑？"

时有贼人数辈，以绳缚秋云于桅柱，既竟，指余二人曰："速以钱交我辈，如无者，投彼于海。"忽一短人自舱中出，备问余辈行踪，命解秋云。已而曰："吾姓区，名辛，少有不臣之志，有所结纳，是故显名。船即我有，我能送诸君到香港，诸君屏除万虑可也。"

五日，船至一滩头，短人领余三人登岸，言此处距九龙颇近。瞬息，驶船他去。估客携其侄女归坚道旧宅。停数日，女为余整资装，余即往吴淞。维时海内鼎沸，有维新党、东学党、保皇党、短发党，名目新奇且多，大江南北，鸡犬不宁。余流转乞食，两阅月，至苏州城。

一日，行经乌鹊桥，细雨蒙蒙，沾余衣袂。余立酒楼下，闻酒贩言：有广东人流落可叹者，依郑氏处馆度日；其人类有疯病。能食酥糖三十包，亦奇事也。于是过石桥，寻门叩问。有人出应，确是梦珠，惟瘦面，披僧衣。听余语颠末，似省前事，然言不及赠玉之人。心甚异之。饭罢，檐雨淅沥，梦珠灯下弹琴，弦轸清放。忽而据琴不弹，向余曰："秋云何人也？盍使我闻之乎？"余思人传其疯病，信然。余乃重述秋云家散，至星嘉坡苦寻梦珠及遇难各节。

梦珠视余良久，漫应曰："我心亦如之。夫睹貌而相悦者，人之情也；吾今学了生死大事，安能复恋恋？"

余甚不耐，不觉怫然曰："嗟乎！吾友如不思念旧情，则彼女一生贞洁，见累于君矣，"遂出。

至沪，遇旧友罗霏玉明经于别发书肆，因谈及梦珠事。霏玉言："梦珠性非孤介，意必有隐情在心。然秋云品格，亦自非凡，梦珠何为绝人如是？"余即曰："君与我当有以释梦珠之憾乎？"霏玉曰："窃所愿也。"

霏玉，番禺人，天性乐善，在梵王渡帮教英文，人敬且爱之。霏玉招余同居于孝友里。其祖母年八十三，蔼然仁人也。其妹氏名小玉，年十五，幽闲端美，笃学有辞采，通拉丁文，然不求知于人也；尝劝余以书招秋云来海上，然后使与梦珠相见。余甚善其言，但作书招秋云，未尝提及梦珠近况。

小玉又云："吾国今日女子殆无贞操，犹之吾国殆无国体之可言，此亦由于黄鱼学堂之害（苏俗称女子大足者日"黄鱼"）。女必贞，而后自由。昔者，王凝之妻因逆旅主人之牵其臂，遂引斧自断其臂。今之女子何如？"

此时闻叩环声，霏玉肃客入，即一细腰女郎，睨笑嫣然，望而知为苏产也。霏玉曰："密司爱玛远来，故倦矣。"女郎坐而平视余，问余姓氏。小妹答之。已而女郎要余并霏玉乘摩多车同游。

既归，余问霏玉与此女情分何似？霏玉曰："吾语汝。吾去夏在美其饮冰忌连，时有女子隔帘悄立，数目余，忽入帘，莞尔示敬，似怜吾为他乡游子。此女能操英吉利语，自言姓卢，询知其来自苏州，省其姨氏。吾视此女颇聪慧，遂订交而别。是后，常以点心或异国名花见赠。秋间吾病，吾祖母及女弟力规吾勿与交游。吾自思纵此女果为狐者，亦当护我，我何可负义？明日复来，引臂替枕，以指检摩尔登糖纳吾口内，重复亲吾吻，嘱吾珍重而去。如是者十数次，吾病果霍然脱体。即吾祖母亦感此女诚挚，独吾妹于此女多微辞。今吾质之于子，此女何如人也？"余未有以答。

数日，女盛服而至，谓霏玉曰："吾母在天赐庄病甚，不获已而告贷于君。"霏玉以四百元应之。省其家贫亲老，更时有接济，前后约三千元。女一夕于月痕之下，抚霏玉以英语告之曰："I don't care for anybody in the whole world but you.I love you."（"除了你，在这个世界上我谁也不关心。我爱你。"）

秋候已过，霏玉与女遂定婚约。至十一月二十六日，午膳毕，霏玉静坐室中，久乃谓余曰："吾甚觉耳鸣，烦为吾电告龙飞备乘，吾将与子驰骋郊野。"俄车至，余偕霏玉出游，过味莼园，男女杂沓。霏玉隔窗窥之，愕视余曰："归欤？"吾亦以此处空气劣，不宜留，遂行。

霏玉于途中忽执吾手狂笑不已，问之，弗答。吾恐霏玉有心病，令马夫驰马速行。至家，余扶将以入。此时，霏玉踞椅如有所念，余知必有异事。

时见小玉于女红坐处告余，有西班牙女子名碧伽，修刺求见，自云过三日重来。霏玉闻言甚欣悦，祝余曰："是为五姑将消息者。"余心稍解。讵知霏玉即以此夕自裁于卧内！

明晨，余电问龙飞马夫，昨日味莼园曾有何事？答云："卢氏姑娘与绸缎庄主自由结婚耳。"

断鸿零雁记·碎簪记

余始晓霏玉所以狂笑之故。然余不欲其祖母、妹氏知霏玉为女所绐，今笔之于书以示人者，亦以彰吾亡友为情之正者也。

吾友霏玉辞世后三日，碧伽女士果来，握余手言曰："五姑自遭难以来，无时不相依，思君如婴儿念其母，吾父亦爱五姑如骨肉。谁知五姑未三月已成干血症，今竟长归天国。五姑是善人，吾父尝云：'五姑当依玛利亚为散花天使。'今有一简并发，敬以呈君。简为五姑自书；发则吾代剪之，盖五姑无力持剪。吾父居香港四十九年，吾生于香港，亦谙华言。遇秋云小姐，故知君在此。今兹吾事已毕，愿君珍重！"女复握余手而去。余不敢开简，先将发藏衣内，惊极不能动。隔朝，拭泪启之，其文曰：

妾审君子平安，吾魂甚慰。妾今竟以病而亡，又不亡于君子之侧，为悲为恨，当复阿言？始妾欲以奄奄一息之躯，渡海就君子；而庄湘老博士不余许，谓若渡海，则墓亦不得留在世间，为君子一凭吊之，是何可者？博士于吾，良有恩意。妾故深信来生轮回之说，今日虽不见君子，来世岂无良会？妾惟愿君子见吾字时，万勿悲伤，即所以慰妾灵魂也。君子他日过港，问老博士，便得吾墓。

简外附庄湘博士住址，余并珍藏之。时霏玉祖母及妹归心已炽，议将霏玉灵柩运返乡关。余悉依其意，于是趁海舶归香港。

既至，吾意了此责，然后谒五姑之墓。遂雇一帆船赴乡，计舟子五人。船行已二日，至一山脚，船忽停于石步。时薄暮，舟子齐声呼曰："有贼！有贼！"胁使余三人上岸。岸边有荒屋，舟子即令余三人匿其中，诫勿声。余思广东故为盗邑，亦不怪之。

　　达晓，舟子来笑曰："贼去矣。"复行大半日，至一村，吾不审村名。舟子曰："可扶榇以上，去番禺尚有八十四五里。"

　　舟子抬棺先行，余三人乘轿随后。余在途中听土著言语，知是地实近羊城，心知有变。忽巡勇多人，荷枪追至，喝令停止。余甫出轿，一勇拉余襟，一勇挥刀指余鼻曰："尔胆大极矣！"言毕，重缚余身。余曰："余送亡友罗明经灵柩归里，未尝犯法，尔曹如此无礼，意何在也？"视前面轿夫舟子，都弃棺而逃，惟霏玉祖母及妹相持大哭。俄一勇令开棺，刀斧锵然有声。时霏玉祖母及妹，相抱触石而死，勇见之不救，余心俱碎。少间，棺盖已启，余睨棺内均黑色。余勇启之，乃手枪、子弹、药包，而亡友之躯，杳然无睹，余晕绝仆地。

　　比醒，余身已系狱中。思欲自杀，又无刀，但以头碰壁，力亦不胜。狱中有犯人阻余，徐曰："子毋尔。今日即吾处斩之日。闻之狱卒云，子欲以炸药焚督署，至早亦须明日临刑。计子命尚多我一日；且子为革命党，党中或有勇士相救，亦意中事。愿子勿寻短见。若我乃罪大恶极之人，虽有隐忧，无可告诉。冤哉吾妻也！"余答之曰："吾实非党人，吾亦不望更生人世。然子有隐恫，且剖其由，吾固可忍死须臾，为子听之。"

　　·127·

犯人曰：“吾父为望族，英朗知名。父有契友，固一乡祭酒，与吾父约，有子女必谐秦晋。时吾在母腹中仅三月，吾父已指腹为吾订婚矣。及吾堕地后七日，吾妻亦出世。吾长，奢豪爱客，而朋辈无一善人，吾亦沦于不善，相率为伪，将吾父家资荡尽，穷无所依，行乞过日。吾外家悔婚，阴使人置余死地者三次。吾妻年仅十七，知大义，尝割臂疗父病，刚自英伦归，哭谏曰：‘是儿命也，何可背义？’其父母不听。适吾行乞过其村，宿破庙中。吾妻将衣来，为吾易之，劝余改过自新，且赠余以金。天明，余醒，思此事甚奇，此金必为神所赉，即趋至赌馆，一博去其半，再博而尽，遂与博徒为伍，时余实不知其为偷儿也。前晚雁塘村之事，非我为之，不过为彼曹效奔走，冀得一饱。杀人者已逍遥他去，余以饥不能行，是以被逮。然吾未尝以真名姓告人，恐伤吾妻。”

言至此，狱卒入曰：“去！”犯人知受刑之时已到，泪涟涟随狱卒去矣。

余记往昔有同学偶言玉鸾事，与此吻合，犯人殆玉鸾之未婚夫耶？因叹曰：“嗟乎！天生此才，在于女子，而所遇如斯，天之所赋，何其驳欤？”

少选，狱卒复来，怒目喝余曰：“汝即昙鸾乎？速从我来！”

遂至一厅事，人甚众，一白面书生指余曰：“是即浙江巡抚张公电嘱释放之人。此人不胜匕箸，何能为盗？”众以礼送余出。

余即渡香港，先访秋云。秋云午绣方罢，乃同余访庄湘博士。博士年已七十有六，盖博学多情，安命观化之人也，导余拜五姑之墓如仪。博士曰：“愿君晚佳。”遂别。

亡何，春序已至，余同秋云重至海上寻梦珠。既至苏州，有镜海女塾学生语秋云云："梦珠和尚食糖度日，苏人无不知之。近来寄身城外小寺，寺名无量。"

余即偕秋云访焉。至则松影在门，是日为十五日也。余见寺门虚掩，嘱秋云少延伫以待，余入，时庭空夜静，但有佛灯，光摇四壁。余更入耳房，亦阒然无人，以为梦珠未归，遂出。至廊次，瞥见阶侧有偶像，貌白皙，近瞻之，即梦珠瞑目枯坐，草穿其膝。余呼之，不应，牵其手，不动如铁，余始知梦珠坐化矣。

亟出，告秋云。秋云步至其前，默视无一语。忽见其襟间露绛纱半角，秋云以手挽出，省览周环。已而，伏梦珠怀中抱之，流泪亲其面。余静立。忽微闻风声，而梦珠肉身忽化为灰，但有绛纱在秋云手中。秋云即以绛纱裹灰少许，藏于衣内。此时风续续而至，将灰吹散，惟余秋云与余二人于寺。秋云曰："归。"遂行。

至沪，忽不见秋云踪迹。余即日入留云寺披剃。一日，巡抚张公过寺，与上座言："曾梦一僧求救其友于羊城狱中。后电询广州，果然，命释之。翌晚，复梦僧来道谢。宁非奇事？"余乃出，一一为张公述之。张公笑曰："子前生为阿罗汉，好自修持。"

后五年，时移俗易，余随昙谛法师过粤，途中见两尼：一是秋云，一是玉鸾。余将欲有言，两尼已飘然不知所之。

断鸿零雁记·碎簪记

碎簪记

余至西湖之第五日，晨餐甫罢，徘徊于南楼之上，钟声悠悠而逝，遥望西湖风物如恒，但与我游者乃不同耳。计余前后来此凡十三次：独游者九次，共昙谛法师一次，共法忍禅师一次，共邓绳侯、独秀山民一次，今即同庄湜也。

　　此日天气阴晦，欲雨不雨，故无游人，仅有二三采菱之舟出没湖中。余忽见杨缕毵毵之下，碧水红莲之间，有扁舟徐徐而至，更视舟中，乃一淡装女郎。心谓此女游兴不浅，何以独无伴侣？移时，舟停于石步，此女风致，果如仙人也。

　　至旅邸之门，以吾名氏叩阍者。阍者肃之登楼。余正骇异，女已至吾前，盈盈为礼，然后赧然言曰："先生幸恕唐突。闻先生偕庄君同来，然欤？"

　　余漫应曰："然。"

　　女曰："妾为庄君旧友，特来奉访。敬问先生，庄君今在否？"

　　余曰："晨朝策马自去，或至灵隐、天竺间，日暮归来，亦未可定。君有何事？吾可代达也。"

　　尔时，女若有所思，已而复启余曰："妾姓杜，名灵芳，住湖边旅舍第六号室。敬乞传语庄湜君，明日上午惠过一谈。

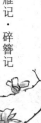

但有渎清神，良用歉仄耳。"

余曰："敬闻命矣。"

女复含赧谢余，打桨而去。

余此际神经，颇为此女所扰，此何故哉？一者，吾友庄湜恭慎笃学，向未闻与女子交游，此女胡为乎来？二者，吾与此女无一面之雅，何由知吾名姓？又知庄湜同来？三者，此女正当绮龄，而私约庄湜于逆旅，此何等事？若谓平康挟瑟者流，则其人仪态万方，非也；若谓庄湜世交，何以独来访问，不畏多言耶？余静坐沉思，久乃笕然曰："天下女子，皆祸水也！"

余立意既定，抵暮庄湜归，吾暂不提此事。明日，余以电话询湖边旅舍曰："六号室客共几人？"曰："母女并婢三人。"曰："从何处来？"曰："上海。"曰："有几日住？"曰："饭后乘快车去。"余思：此时即使庄湜趋约，亦不能及。又思：此亦细事，吾不语庄湜，亦未为无信于良友也。

又明日为十八日，友人要余赴江头观潮，并观三牛所牵舟；庄湜倦，不果行。迄余还，已灯火矣，余不见庄湜，问之阍者。阍者云其于六点钟得一信，时具晚膳，独坐不食，须臾外出，似有事也。余即往觅之，沿堤行至断桥，方见庄湜临风独盼。余曰："露重风多，何为不归？"庄湜不余答，但握余手，顺步从余而返。

至旅邸，余罢甚，即就寝，仍未与言女子过访之事也。

余至夜半忽醒，时明月侵帘，余披衣即帘下窥之，湖光山色，一一在目，此景不可多得。余欲起与庄湜同观，正衣步至其榻，榻空如也。余即出楼头觅之。时万籁俱寂，瞥眼见庄湜枯立栏前。余自后凭其肩，借月光看其面，有无数湿痕。

余问之曰："子何思之深耶？"

庄湜仍不余答，但悄然以巾掩泪。余心至烦乱，不知所以慰之，惟有强之就榻安眠，实则庄湜果能安眠否，余不知之，以余此夜亦似睡而非睡也。

翌朝，余见庄湜面灰白，双目微红，食不下咽，其心似曰："吾幽忧正未有艾，吾殆无机复吾常态，与畏友论湖山风月矣。"

饭罢，余庄容语之曰："子自昨日神色大变，或有隐恫在心，有触而发，未尝与吾一言，何也？试思吾与子交厚，昨夜睹子情况，使吾与子易地而处，子情何以堪？"

此时，余反复与言，终不一答。余不欲扰其心绪，遂与放舟同游，冀有以舒其忧郁，而庄湜始终不稍吐其心事。余思庄湜天性至厚，此事不欲与我言者，必有难言之隐，昨日阍者所云得一信，宁非女郎手笔？吾不欲与庄湜提女子事者，因吾知庄湜用情真挚，而年鬓尚轻，恐一失足，万事瓦解；吾非谓人间不得言爱也。今兹据此情景，则庄湜定与淡装女郎有莫大关系。吾老于忧患矣，无端为庄湜动我缠绵悱恻之感，何哉？

余同庄湜既登孤山，见"碧睛国"人数辈，在放鹤亭游览。忽一碧睛女子高歌曰："Love is enough. Why should we ask for more？"

女歌毕，即闻空谷作回音，亦曰："Love is enough. Why should we ask for more？"

断鸿零雁记·碎簪记

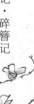

时一青年继曰："Oh you kid！ Sorrow is the depth of love."空谷作抗音如前。游人均大笑。余见庄湜亦笑，然而强笑不欢，益增吾悲耳。

连日天晴湖静，余出必强庄湜同行。余视庄湜愁潮稍退，渐归平静之境；然庄湜弱不胜衣，如在大病之后。余则如泛大海中，但望海不扬波，则吾友之心庶可收拾。

一日，庄湜忽问余曰："吾骑马出游之日，曾有老人觅我否？"余即曰："彼日觅子者，非老人，乃一女郎。"庄湜愕视余曰："女子耶？彼曾有何语？"余始将前事告之，并问曰："彼女子何人也？"庄湜思少间，答曰："吾知之而未尝见面者也。"余曰："始吾不欲以儿女之情扰子游兴，故未言之。今兹反使我不能无问者，子何为得书而神变耶？吾思书必为彼女子所寄，然耶？否耶"庄湜急曰："否，乃叔父致我者。"

余又问曰："然则书中所言，与女子过访不相涉耶？"庄湜曰："彼女过访，实出吾意料之外，君言之，我始知之。"

余又问曰："如彼日子未外出，亦愿见彼女子否？"庄湜曰："不愿见之。"余又问曰："子何由问我有无老人来过？彼老人何人也？"庄湜曰："恐吾叔父来游，不相值耳。"

亡何，秋老冬初，庄湜束装归去。余以肠病复发，淹留湖上，或观书，或垂钓，或吸吕宋烟，用已吾疾，实则肠疾固难已也。

他日，更来一女子，问庄湜在否。余曰："早已归去。"余且答且细瞻之，则容光靡艳，丰韵娟逸，正盈盈十五之年也。

女闻庄湜已归，即惘惘乘轩去。余沉吟叹曰："前后访庄湜者两人，均丽绝人寰者也。今姑不问二人与庄湜何等缘分，然二人均以不遇庄湜忧形于色，则庄湜必为两者之意中人无疑矣，但不知庄湜心在阿谁边耳。"

又思："庄湜曾言不愿见前之女子；今日使庄湜在者，愿见之乎，抑不愿见之乎？吾今无从而窥庄湜也。夫天下最难解决之事，惟情耳。庄湜宵深掩泪时，余心知此子必为情所累，特其情史未之前闻。余又深信庄湜心无二色，昔人有言：'一丝既定，万死不更。'庄湜有焉。今探问庄湜者，竟有二美，则庄湜之不幸，可想而知。哀哉！恐吾良友，不复永年。故余更曰：'天下女子，皆祸水也！'"

半月，余亦归沪，行装甫卸，即访庄湜。其婶云："湜日来忽发热症，现住法国医院。"余驰院看之。庄湜见余，执余手，不言亦不笑。余问之曰："子病略愈否？"庄湜但点首而已。余抚其额，热度亦不高。余此时更不能以第二女访问之事告之，故余亦无言，默坐室内，可半分钟，见庄湜闭睫而卧。适医者入，余低声以病状问医者。医者谓其病症甚轻，惟神经受伤颇重，并嘱余不必与谈往事。医者既行，余出表视之，已八句钟又十分矣。余视庄湜贴然而睡，起立欲归；方启扉，庄湜忽张目向余曰："且勿遽行，正欲与君作长谈也。"

余曰："子宜静卧，吾明晨再至。"庄湜曰："吾事须今夕告君。君请坐，吾得对君吐吾衷曲，较药石为有效验。吾见君时，心绪已宁。更有一事：吾今日适接杜灵芳之简，约于九句钟来院。吾向医者言明，医者已许吾谈至十分钟为止。此子君曾于湖上见之，于吾为第一见，故吾求君陪我，或吾辞有不达意者，君须助我。君为吾至亲爱之友，此子亦为吾至亲爱之友，顾此子尚未谋面，今夕相逢，得君一证吾心迹，一证彼为德容俱备之人，异日或能为我求于叔父，于事兹佳。"庄湜且言且振作其精神，不似带病之人，余心始释，然余思今夕处此境地，实生平所未经。盖男女慕恋，憔悴哀痛而外无可言，吾何能于其间置一词哉？继念庄湜今以一片真诚求我，我何忍却之？余复默坐。

少间，女郎已至，驻足室外。庄湜略起，肃之入。余鞠躬与之为礼。庄湜肃然言曰："吾心慕君，为日非浅，今日始亲芳范，幸问如也！"此际女郎双颊为酡，羞赧不知所对。

庄湜复曰："在座者，即吾至友曼殊君，性至仁爱，幸勿以礼防为隔也。"女始低声应曰："知之。"

庄湜湜曰："吾无时不神驰左右，无如事多乖忤，前此累次不愿见君者，实不得已。未审令兄亦尝有书传达此意否？"女复应曰："知之。"

庄湜曰："余游西湖之日，接叔父书，谓闻人言，君受聘于林姓，亲迎有日，然欤？"女容色惨沮，而颤声答曰："非也。"

庄湜继曰："如此事果确者，君将何以……"语未毕，女截断言曰："碧海青天，矢死不易吾初心也！"庄湜心为摧折，不复言者久之。

女忽问曰："妾中秋侍家母之钱塘观潮，令叔已知之耶？"

庄湜曰："或知之也。"女曰："妾湖上访君未遇，令叔亦知之耶？"

庄湜曰："惟吾与曼殊君知之耳。"

女曰："令叔今去通州，何日归耶？"

庄湜曰："不知。"

女郎至此，欲问而止者再，已而嗫嚅问曰："君与莲佩女士曾见面否？与妾同乡同塾，其人柔淑堪嘉也。"庄湜曰："吾居青岛时，曾三次见之，均吾姊绍介。"女曰："君偕曼殊君游湖所在，是彼告我者。彼今亦在武林，未与湖上相遇耶？"庄湜曰："且未闻之。"

此际，余始得向庄湜插一言曰："子行后，果有女子来访。"女惊向余曰："请问先生，得毋密发虚鬟、亭亭玉立者欤？"余曰："是矣。"庄湜闻言，泪盈其睫。女郎蹶然就榻，执庄湜之手，泫然曰："君知妾，妾亦知君。"言次，自拔玉簪授庄湜曰："天不从人愿者，碎之可耳。"余心良不忍听此女作不祥之语。

余视表，此时刚十句钟矣，余乃劝女郎早归，俾庄湜安歇。女郎默默与余握手，遂凄然而别。嗟乎！此吾友庄湜与灵芳会晤之始，亦即会晤之终也。

余既别庄湜、灵芳二人而归，辗转思维，终不得二子真相。庄湜接其叔书，谓灵芳将结缡他姓，则心神骤变，吾亲证之，是庄湜爱灵芳真也。余复思灵芳与庄湜晋接时，虽寥寥数语，然后窥伺此女有无限情波，实在此寥寥数语之外；余又忽忆彼与余握别之际，其手心热度颇高：此证灵芳之爱庄湜亦真也。据二子答问之言推之，事或为其叔中梗耳。庄湜云，与莲佩凡三遇，均其姊氏引见，则莲佩必为其叔姊所当意之人。灵芳问我"密发虚鬟、亭亭玉立"此八字者，舍湖上第二次探问庄湜之女郎而外，吾固不能遽作答辞也。然则所谓莲佩女士者，余亦省识春风之面矣。第未审庄湜亦爱莲佩如爱灵芳否？莲佩亦爱庄湜如灵芳否？既而余愈思愈见无谓，须知此乃庄湜之情关玉扃，并非属我之事也，又奚可以我之理想，漫测他人情态哉？余乃解衣而睡，遂入梦境。顾梦境之事，似与真境无有差别。但以我私心而论，梦境之味，实长于真境滋多，今兹请言吾梦：

梦偕庄湜、灵芳、莲佩三子，从锦带桥泛棹里湖，见四围荷叶已残破不堪，犹自战风不已，时或泻其泪珠，一似哀诉造物。余怜而顾之。有一叶摇其首而对余曰："吾非乞怜于尔，尔何不思之甚也？"将至西冷桥下，灵芳指水边语莲佩曰："此数片小花，作金鱼红色者，亦楚楚可人，先吾亲见之而开，今吾复亲见之而谢，此何花也？"莲佩曰："吾未识之，非蘋花耶？"庄湜转以问余。余曰："此与蘋同种而异类，俗名'鬼灯笼'，可为药料者也。"言时，已过西冷桥。灵芳、莲佩忽同声歌曰："同携女伴踏青去，不上道旁苏小坟。"

俄而歌声已杳，余独卧胡床之上，窗外晨曦在树，晓风新梦，令人惘然。

余饭后复至医院，以紫白相间之花十二当赠庄湜。庄湜静卧榻上。昨夕之事，余不欲重提只字，乃絮论湖上之游，明知此于庄湜为不入耳之言，然余不得不如是也。

余见昨夕女所遗簪，犹在枕畔，因谓庄湜曰："此物子好自藏之。"庄湜开眸微视，则摇其首。余为出其巾裹之，置枕下。

已而，庄湜向余曰："吾婶晨朝来言，吾叔将归，与吾同居别业。"余曰："令叔年几何？"庄湜曰："六十一。"继曰："吾叔屡次阻吾与灵芳相见，吾至今仍不审其所以然。然吾心爱灵芳，正如爱吾叔也。"

余顺问曰："灵芳之兄何人也？"庄湜湜曰："吾同学而肝胆照人者也。"余曰："彼今何在？"曰："瑞士。"余曰："有书至否？"曰："有，书皆为我与灵芳之事者。"余曰："云何？"曰："劝我要求阿婶，早订婚约。但吾婶之意，则在莲佩。"余曰："莲佩何如人耶？"曰："彼为吾婶外甥，幼工刺绣，兼通经史，吾婶至爱之。"余即接曰："子亦爱之如爱灵芳耶？"庄湜微叹而答曰："吾亦爱之如吾婶也。"余曰："然则二美并爱之矣？"庄湜复叹曰："君思'弱水三千'之义，当识吾心。"余曰："今问子，心所先属者阿谁？"曰："灵芳。"余曰："子先觌面者为莲佩，而先属意者乃灵芳，其故可得闻钦？"曰："前者吾游京师，正袁氏欲帝之日。某要人者，吾故人也，一日，招我于其私宅，酒阑，出文书一纸，嘱余译以法文。余受而读之，乃通告列国文件，盛载各省劝进文中之警句，以证天下归心袁氏。余以此类文句，译成国外之语，均虚妄怪诞、诪诙便僻之辞，非余之所能胜任也，于是敬谢不敏。某要人曰：'子不译之，可，今但恳子联名于此，愿耶？'余曰：'我非外交官，又非元老，何贵署区区不肖之名？'遂与某要人别。三日，有巡警提余至一处，余始知被羁押。时杜灵运为某院秘书，闻吾为奸人所陷，鼎力为余解免。事后弃职，周游大地，今羁瑞士。灵运弱冠失父，偕灵芳游学罗马四年，兄妹俱有令名者也。当余新归海上，偕灵运卜居涌泉路，肥马轻裘与共。灵运将行，余与之同摄一小影，为他日相逢之券。积日灵运微示其贤妹之情，拊余肩而问曰：'亦有意乎？'余感激几于泣下，其时吾心许之，而未作答词焉。吾思三日，乃将灵运之言闻于叔婶，叔婶都不赞一辞，吾亦置之不问。一日，灵运别余，萧然自去。灵运情义，余无时不深念之。顾虽未见其妹之面，而吾寸心注定，万劫不能移也！"

余曰："子既爱之，而不愿见之，是又何故？"庄湜曰："始吾不敢有违叔父之命也。"余曰："佳哉，为人子侄，固当如是。今吾思令叔之所以不欲子与灵芳相见者，亦以子天真诚笃，一经女子眼光所摄，万无获免。此正令叔慈爱之心所至，非猜薄灵芳明矣。吾今复有一言进子：以常理度之，令叔婶必为子安排妥当，子虽初心不转，而莲佩必终属子。子若能急反其所为，收其向灵芳之心，移向莲佩，则此情场易作归宿，而灵芳亦必有谅子之一日。不然者，异日或有无穷悲慨，子虽入山，悔将何及？"

余言至此，庄湜面色顿白，身颤如冒寒。余颇悔失言，然而为庄湜计，舍此再无他言可进。余待庄湜神息少靖乃去。

数日，其叔婶果挈庄湜居于江湾之别业。余往访之，见其叔手《东莱博议》一卷，坐藤椅之上，且观且摇其膝。

庄湜引余至其前曰："阿叔，此吾友曼殊君，同吾游武林者也。"其叔闻言，乃徐徐脱其玳瑁框大眼镜，起立向余略点其首，问曰："自上海来乎？"余曰："然。"又曰："吾闻汝足迹半天下，甚善，甚善。今日天色至佳，汝在此可随意游览。"余曰："敬谢先生。"

时侍婢将茶食呈于藤几之上。庄湜引余坐定，其叔劝进良殷，以手取山楂糕、糖莲子分余，又分庄湜。余密觇其爪甲颇长，且有黑物藏于爪内，余心谓墨也，彼必善爪书。

茶既毕，庄湜导余观西苑。余且行且语庄湜曰："令叔和蔼可亲，子试自明心迹，于事或有济也。"庄湜曰："吾叔恩重，所命靡不承顺，独此一事，难免有逆其情意之一日，故吾无日不耿耿于怀。迹吾叔心情，亦必知之而怜我！特以此属自由举动，吾叔故谓蛮夷之风，不可学也。"

尔时隆隆有车声，庄湜与余即至苑门。车门既启，一女子提其纤鞋下地，余静立瞻之，乃临存湖上之第二女郎也。

女一视余，即转目而视庄湜，含娇含笑，将欲有言。余知庄湜中心已战栗，但此时外貌矫为镇定。

女果有言曰："闻玉体有恙，今已平善耶？"庄湜曰："谢君见问，愈矣。"

女曰："吾前归自青岛，即往武林探君，不料君已返沪。"

言至此，回其清盼而问余曰："曼殊先生归几日矣？"余曰："归已六日。"

女少思，已而复问庄湜曰："湖上遇灵芳姊耶？"庄湜曰："彼时适外出，故未遇之。"女急续曰："然则至今亦未之见面耶？"此语似夙备者。斯时庄湜实难致答，乃不发一言。女凝视庄湜，而目中之意似曰："枕畔赠簪之时，吾一一知之矣。"

少选，侍婢请女入。余同庄湜往草场中，徘徊流盼。

忽而庄湜颜色惨白，凝立不动，余再三问之，始曰："余思及莲佩前此垂爱之情及阿姊深恩，而吾今兹爱情所向，乃乖忤如是，中心如何可安？复悟君前日训迪之言，吾心房碎矣！"余见庄湜忧深而言婉，因慰之曰："子勿戚戚弗宁，容

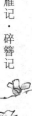

日吾当代子陈情于令叔，或有转机，亦未可料。"实则余作此语，毫无把握。然而溺于爱者，乃同小儿，其视吾此语，亦如小儿闻人话饼，庄湜又焉知余之所惴惴者耶？

余辞庄湜归，中途见一马车瞥然而过，车中人即莲佩也，其眼角颇红。余心叹此女实天生情种，亦横而不流者矣。方今时移俗易，长妇姹女，皆竞佻邪，心醉自由之风，其实假自由之名而行越货，亦犹男子借爱国主义而谋利禄。自由之女，爱国之士，曾游女、市侩之不若，诚不知彼辈性灵果安在也！盖余此次来沪，所见所闻，无一赏心之事。即旧友中不少怀乐观主义之人，余平心而论，彼负抑塞磊落之才，生于今日，言不救世，学不匡时，念天地之悠悠，惟有强颜欢笑，情郁于中，而外貌矫为乐观，迹彼心情，苟谓诸国老独能关心国计民生，则亦未也。

迄余行至黄浦，时约十分钟，扪囊只有铜板九枚，心谓为时夜矣，复何能至友人住宅？昔余羁异国，不能谋一宿，乃往驿路之待客室，吸烟待旦；此法独不能行之上海。余径至一报馆访某君。某君方埋首乱纸堆中，持管疾书，见余，笑曰："得毋谓我下笔千言，胸无一策者耶？"余曰："此不生问题者也。夜深吾无宿处，故来奉扰。"某君曰："甚善。吾有烟榻，请子先卧，吾毕此稿，即来共子叙谈。吾每日以'勋爵勋爵，入阁入阁'诸名词见累，正欲得素心人一谈耳。"余问曰："子于何时就寝？"某君曰："明晨五六句钟始能就寝。子不知报馆中人，一若依美国人之起卧为准则耶？"余曰："然则听我去睡，明晨五六句钟，适吾起时也。"某君曰："子自卧，吾自为文。"余乃和衣而睡。

明晨，余更至一友人家。友人顾问余曰："子冬衣犹未剪裁。何日返西湖去？"余曰："未定。"友人出百金纸币相赠曰："子取用之。"余接金，即至英界购一表，计七十元，意离沪时以此表还赠其公子上学之用，亦达其情。余购表后，又购吕宋烟二十元之谱，即返向日寄寓友人之处。

翌日，接庄湜笺，约余速往。余既至，庄湜即牵余至卧室，细语余曰："吾婶明日往接莲佩来此同住。吾今殊难为计，最好君亦暂寓舍间，共语晨夕；若吾一人独居，彼必时来缠扰。彼日吾冷然对之，彼怅惘而归，吾知彼必有微言陈于吾婶也。"余曰："尊婶尚有何语？"庄湜曰："此消息得之侍婢，非吾婶见告者。"

余曰："余一周之内，须同四川友人重赴西湖，愧未能如子意也。"庄湜曰："使君住此一周亦佳，不然者，吾惟有逃之一法。"余即曰："子逃向何处？"庄湜曰："吾已审思，如事迫者，吾惟有约灵芳同往苏州或长江一带商埠。"

余曰："灵芳知子意否？"庄湜湜曰："病院一别，未尝再见，故未告之。余曰："善，余来陪子住，细细商量可也。子若贸然他遁，此下下策，余不为子取也。"

余是日即与庄湜同居，其叔婶遇余，一切殷渥，余甚感之。

明日，莲佩亦迁来南苑，所携行李甚简单，似不久住也者。余见庄湜与莲佩每相晤面，亦不作他语，但莞尔示敬而已。有时见莲佩伫立厅前，庄湜则避面而去，莲佩故心知之而无如何也。

一日，天阴，气候颇冷，余同庄湜闲谈书斋中。忽见侍

断鸿零雁记·碎簪记

婢捧百叶水晶糕进曰："此燕小姐新制，嘱馈公子并客。"庄
湜受之。

侍婢去未移时，而莲佩从容含笑入斋，问起居。庄湜此
时无少惊异，亦不表殷勤之貌，但曰："多谢点心。请燕小姐
坐近炉次，今日气候甚寒也。"

莲佩待余两人归原座，乃敛裾坐于炉次，盖服西装也。
上衣为雪白毛绒所织，披其领角。束桃红领带，状若垂巾。
其短裾以墨绿色丝绒制之。着黑长袜。履十八世纪流行之舄，
乃元色天鹅绒所制，尖处结桃红 Ribbon。不冠，但虚鬟其发。
两耳饰钻石作光，正如乌云中有金星出焉。

余见庄湜危坐，不与之一言，余乃发言问曰："燕小姐尝
至欧美否？"莲佩低鬟应曰："未也。吾意二三年后，当往欧
洲一吊新战场。若美洲，吾不愿往，且无史迹可资凭睇，而
其人民以 Make money 为要义，常曰：'Two dollars is always
better than one dollar.' 视吾国人直如狗耳，吾又何颜往彼都
哉？人谓美国物质文明，不知彼守财奴，正思利用物质文明，
而使平民日趋于贫。故倡人道者有言曰：'使大地空气而能买
者，早为彼辈吸收尽矣。' 此语一何沉痛耶！"言已，出素手
加煤于炉中。庄湜乘间取书自阅。莲佩加煤既已，遂辞余两
人，回身敛裾而去。

余语庄湜曰："斯人恭让温良，好女子也。"庄湜愁叹不
语。余乃易一新吕宋烟吸之，未及其半，庄湜忽抛书语余曰：
"此人于英法文学，俱能道其精义，盖从苏格兰处士查理习
声韵之学五年有半，匪但容仪佳也。此人实为我良师，吾深
恨相逢太早，致反不愿见之，嗟夫，命也！"庄湜言时，含

泪于眶。顷之，谓余曰："君今同我一访灵芳可乎？其兄久无书至，吾正忧之。"余曰："可。"遂同行。至巴子路，问其婢，始知灵芳母女往昆山已数日，乃怅怅去之。

比归别业，则见莲佩迎于苑门之外，探怀出一函，呈庄湜曰："是灵芳姊手笔，告我云已至昆山，不日返也。"

翌日，天气清明。饭罢，庄湜之婶命余等同游。其别业旧有二车，此日二车均多添一马，成双马车。是日，莲佩易紫罗兰色西服。余等既出，途中行人莫不举首惊望，以莲佩天生丽质，有以惹之也。

甫至南京路，日已傍午，余等乃息于春申楼进午餐焉。当余等凭阑俯视之际，余见灵芳于马路中乘车而过，灵芳亦见余等；但庄湜与莲佩并语，未之见，余亦不以告之。

餐罢，即往惠罗、汇司诸肆购物，以莲佩所用之物，俱购自西肆者。是日，莲佩倍觉欣欢，乃益增其媚。庄湜即奉承婶氏慈祥颜色，亦不云不乐。余即类星轺随员，故无所增减于胸中。莲佩复自购泰西银管四枝，赠庄湜一双，赠余一双；观剧之双眼镜二，庄湜一，余一。

诸事既毕，即往徐园，而徐家汇，而梁国，而崔圃。游兴既阑，庄湜请于其婶曰："今夕不归别业，可乎？"其婶曰："不归，固无不可，但旅馆太不洁净。"庄湜曰："有西人旅舍曰圣乔治，颇有幽致。如阿婶愿之，吾今夕当请阿婶观泰西歌剧。"其婶即曰："今夕闻歌，是大佳事，但汝须恭请燕小姐为我翻译。"庄湜曰："善。"

向晚，余等遂往博物院剧场。至则泰西仕女云集，盖是夕所演为名剧也。莲佩一一口译之，清朗无异台中人，余实

断鸿零雁记·碎簪记

惊叹斯人灵秀所钟。余等已观至两句钟之久，而莲佩犹滔滔不息。忽一乌衣子弟登台，怒视坐上人，以凄丽之音言曰：

"What the world calls Love, I neither know nor want.I know God's love, and that is not weak and mild.That is hard even unto the terror of death, it offers caresses which leave wounds.What did God answer in the olive grove, when the son lay sweating in agony, and prayed and prayed: 'Let this cup pass from me！' Did he take the cup of pain from his mouth？ No, child, he had to drain it to the depth."

莲佩至此，忽停其悬河之口。庄湜之婶问之曰："何以不译？"再问而莲佩已呆若木鸡。余与庄湜俱知莲佩尔时深为感动。但庄湜之婶以为优人作狎辞，即亦不悦，遂命余等归于旅邸。

既归，余始知是日为莲佩生日也。明日凌晨，莲佩约庄湜共余出行草地中，行久之，莲佩忽以手轻扶庄湜左臂，低首不语，似有倦态，梨涡微泛玫瑰之色。庄湜则面色转白，但仍顺步徐行。

此至廊际，余上阶引彼二人至一小客室，谓庄湜曰："晨餐尚有一句半钟，吾侪暂歇于此。子听鸟声乎？似云：'将卒岁也。'"莲佩闻余言，引领外盼，已而语庄湜曰："汝观郊外木叶，半已零坠，飞鸟且绝迹，雪景行将陈于吾人睫畔。"且言且注视庄湜。奈庄湜一若罔闻，拈其表链，玩弄不已。

余忽见有旅客手执球网，步经客室而去，余亦随之往观，已有二女一男候此人于草地。余观彼四人击网球，技甚精妙，余返身欲呼庄湜、莲佩同观。

岂料余至客室，则见庄湜犹痴坐梳花椅上，目注地毯，默不发言；莲佩则偎身于庄湜之右，披发垂于庄湜肩次，哆其唇樱，睫间颇有泪痕，双手将丝巾叠折卷之，此丝巾已为泪珠湿透。

二人各知余至。莲佩心中似谓："吾今作是态者，虽上帝固应默许；吾钟吾爱，无不可示人者。"而庄湜此时心如冰雪。须知对此倾国弗动其怜爱之心者，必非无因，顾莲佩芳心不能谅之，读者或亦有以恕莲佩之处。在庄湜受如许温存腻态，中心亦何尝不碎？第每一思念"上帝汝临，无二尔心"之句，即亦凛然为不可侵犯之男子耳。

余问庄湜曰："尊婶睡醒未？"庄湜微曰："吾今往谒阿婶。"遂借端而去。

莲佩即起离椅，就镜台中理其发，而后以丝巾净拭其靥。余中心甚为莲佩凄恻，此盖人生至无可如何之事也。

迄余等返江湾，庄湜频频叹喟，复时时细诘侍婢。

是夕，余至书斋觅书，乃见庄湜含泪对灯而坐。余即坐其身畔，正欲觅辞慰之，庄湜凄声语余曰："灵芳之玉簪碎矣！"余不觉惊曰："何时碎之？何人碎之？"庄湜曰："吾俱不知，吾归时，即枕下取观始知之。"庄湜言已，呜咽不胜。

适其时莲佩亦至，立庄湜之前问曰："君何谓而哭也？或吾有所开罪于君耶？幸相告也。"百问不一答。莲佩固心知其哭也为彼，遂亦即庄湜身畔，掩面而哭。

久之，侍婢扶莲佩归卧室。余见庄湜战栗不已，知其病重矣，即劝之安寝。

明晨，余复看庄湜。庄湜见余，如不复识，但注目直视，

断鸿零雁记 · 碎簪记

默不一言。余即时请谒其叔，语以庄湜病症颇危，而稍稍道及灵芳之事，冀有以助庄湜于毫末。其叔怒曰："此人不听吾言，狂悖已甚。烦汝语彼，吾已碎其玉簪矣。此人年少任情，不知'衒女不贞，衒士不信'，古有明训耶？"言已，就案草一方，交余曰："据此人病状，乃肝经受邪之症，用人参、白芍、半夏各三钱，南星、黄连各二钱，陈皮、甘草、白芥子各一钱，水煎服，两三剂则愈。烦为我照料一切。"言时浩叹不置。

余接方，嗒然而退，招侍婢往药局配方。侍婢低声语余曰："燕小姐昨夜死于卧室，事甚怪。主母戒勿泄言于公子。"余即问曰："汝亲见燕小姐死状否？"侍婢曰："吾今早始见之，盖以小刃自断其喉部也。"余曰："万勿告公子。汝速去取药。"

及余返庄湜卧内，庄湜面发紫色，其唇已白，双目注余面不转。余问："安否？"累问，庄湜都如不闻。余静坐室中待侍婢归。庄湜忽而摇首叹息，一似知莲佩昨夕之事者。然余心料无人语彼，何由知之？

忽侍婢归，以药付余，复以一信呈庄湜。庄湜观信既已，即以授余，面色复变而为青。余侧身抚其肩。庄湜此时略下其泪，然甚稀疏。余知此乃灵芳手笔，顾今无暇阅之。更迟半分钟，侍婢将汤药而进。庄湜徐徐服之，然后静卧。余乃乘间披灵芳之信览之，信曰：

湜君足下：

病院相晤之后，银河一角，咫尺天涯，每思隆情盛意，即亦点首太息而已。今者我两人情分绝类！前日趋叩高斋，正君偕莲姑出游时也，蒙令叔出肺腑之言相劝。昔日遗簪，乃妾请于令叔碎之，用践前言者也。今兹玉簪既碎，而吾初心易矣。望君勿恋恋细弱，须一意怜爱莲姑。妾此生所不与君结同心者，有如皦日。复望君顺承令叔婶之命，以享家庭团之乐，则薄命之人亦堪告慰。嗟乎！但愿订姻缘于再世，尽燕婉于来生。自兹诀别，夫复何言！

灵芳再拜

余观竟，一叹庄湜一生好事已成逝水，一叹莲佩之不可复作，而灵芳此后情境，余不暇计及之矣。

庄湜忽醒而吐，余重复搓其背。庄湜吐已，语余曰："灵芳绝我，我固谅之，盖深知其心也。惜吾后此无缘复见灵芳，然而……"言至此，咽气不复成声。余即扶之而卧，直至晚上，都不作一言。

余嘱侍婢好好看视，冀其明日神识清爽，即可仍图欢聚。余遂离其病榻，归寝室。然余是夕已震恐不堪，亦惟有静坐吸烟，连吸十余支，始解衣而睡，出新表视之，不觉一句半钟。

余甫合眼，忽闻有人启余寝室之门，望之，则见侍婢待烛仓皇，带泪而启余曰："公子气断矣！"余急起趋至其室，按庄湜之体，冷如冰霜。

少间，其叔婶俱至。其叔舍太息之外，无他言。惟其婶垂泪颤声抚庄湜曰："汝真不解事，累我至此田地。"言已复哭。

· 151 ·

断鸿零雁记 · 碎簪记

天明，余亟雇车驰至红桥某当铺，出新表典押，意此表今不送人亦无不可。

余既典得四十金，即出，乃遇一女子，其面右腮有红痣如瓜子大。猛忆此女乃灵芳之婢，遂问之曰："灵姑安否？"女含泪不答。余知不佳。

时女引余至当铺屋角语余曰："姑娘前夕已自缢，恫哉！今家中无钱部署丧事，故主母命我来此耳。"余闻此语，伤心之处，不啻庄湜亲闻之也。

迟三日，为庄湜出葬之日，来相送者，则其远亲一人，同学一人，都不知庄湜以何因缘而殒其天年也。

既安葬于众妙山庄，余出厚资给守山者，令其时购鲜花，种于坟前，盖不忍使庄湜复见残英。今兹庄湜、灵芳、莲佩之情缘既了，彼三人者，或一日有相见之期，然而难也！

天涯红泪记

第一章

　　涒滩之岁，天下大乱，燕影生以八月二十一日仓皇归省，平明，辞高等学堂。诸生咸返乡间，堂中惟余工役辈集厨下，虉虉不安，知有非常之祸。街上不通行旅，惟见乱兵攒刃蹀躞。生尽弃书籯，促步出城。至小南门，童谣云："职方贱如狗，将军满街走。"心知不祥。生既登舟，舟中人咸掬万愁于面，盖自他方避难而来，默不一语，辄相窥望。时有卜者为人言休咎，生静立人丛中，心仪卜者俊迈有风；卜者亦数目生，似欲有言而弗言。忽而城内炮声不断，舟中人始大哗，或有掩泪无言者。舟主是英吉利人，即令启舷。舟行可数里，生回注城楼之上，黑烟突突四起。是日天气阴晦，沿途风柳飘萧，生但默祷梵天帝释庇佑，平安到家，拜仁慈母氏，世乱本属司空见惯也。

　　亡何，生既宁家，生之慈母方制重九糕，女弟制飞鸾饼子。母见生，大喜，曰："谢上苍佑吾儿无恙，果归矣"即传言侍女陈晚膳，生视之，红豆饭也。

母言："今日为重九佳节，家中食糇罗饭，年年如此。"

饭后，女弟问生乱事甚烦。生垂涕曰："嗟夫！四维不张，生民涂炭，宁有不亡国者？今吾但知奉承阿母慈祥颜色可耳。"

一日，母命游圣恩寺。——圣恩寺者，古寺也。旁午，道出碧海，憩夕阳楼，观涛三日。复径西北，涉二小水，不复知远近矣。忽至一处，湖水周环新柳，游鱼细石，直视无碍。更前，则为山谷。生心谓人间无此清逸，徘徊流盼，微闻异音如鸣环。母云："大有景处，昔人称弹筝谷，殆指此欤？"生解骑，扶将母氏，赁渔庄居焉。时为暮春，犹带微寒，斜月窥帘，花香积水。生乍听疏篱之外，有人低咏曰："石龟尚怀海，我宁亡故乡？"生审此声凄丽，必出白女子，心生怪异。

翌日，天朗无云，湖水澄碧。生辞母氏出庐，纵步所之，仰望前面山脉，起伏曲折，知游者罕至。湖之西，古榕甚茂，可数百年物也。生就林外窥之，见飞泉之下，有石梁通一空冥所在。生喜，徐徐款步，不觉穿榕林而出，水天弥望，生不知其为湖为海。读吾书者思之：夫人遭逢世变，岂无江湖山薮之思？况复深于患忧如生者。

生凝伫，觉盈眸寂乐，沾恋不去。忽隐约中，见高柳之下，有老人踞石行渔，神采英毅，惟老态若骊龙矣。因迤逦就老人之侧，微叩之曰："叟之渔，渔者之渔，抑隐者之渔？可得闻乎？"

老人闻言，始举首瞩生，白颜及踵。少须，答曰："善哉，客之问也！无思无虑，纵意所如，渔者之渔，老夫未能也。若夫姜尚父、严子陵，名垂青史，后世贤之，此隐者之渔；夫隐者固非钓鱼而钓名耳，老夫何与焉？"

　　老人言至此，收拾钓竿，以手指南岸树林示生曰："老夫居是间，历十余年，路不拾遗，夜不闭户，谈话不过农夫田父。老夫观客玄默有仪，无诱慕于世伪者，客其一尘游屐乎？"

　　生恭谨答曰："小子既入仙乡，此生难得，今叟见招，敢不如命？"

　　生随老人行，山角凡四转，泉水激石，泠泠作响。既见柳岸，复行半里，得板桥。老人笑面生曰："至矣。"言讫，又导生行。板桥渡已，乃过竹围，入老人茅屋矣。

　　老人命生坐，言曰："吾女当来见客。客了无凡骨，可为吾友。"生重复致谢老人厚遇。

　　老人既出菜圃，生见竹壁悬烂剑一柄，几上奇石如斗大，外无他物。忽尔，老人携其女入，修臂下垂，与生为礼。生视之，密发虚鬟，非同凡艳。生问老人姓氏，并是地何名。老人都不答，但摇其首；久之，询生奚得至此。生一一告以故，老人甚欣欢。少选，老人之女捧果以进，置石几上。果丹色，大于鸡子。生所未见，询之老人。老人曰："硕果，此土终岁产之。客食十枚，可尽日无饥渴；老夫数枚足矣。"生剥果啖之，香甜凝舌，中有实一粒如豆。老人云："此核可为药，用治外伤。"

　　食果毕，老人为生谈者，均剑术家言，蝉联不觉日暮。生请告辞，归慰慈母。老人起立曰："且慢，吾女当以舴艋送子，吾女亦宿邻岸姨家。子明日请再临存，或客吾许，可乎？"

断鸿零雁记·碎簪记

生以母氏同来，因约老人以明日再行奉谒。老人伫立岸上，女领生登舟，舟小如芥，既左出，始不见老人颜色。时日落崦嵫，微风送棹。生自念如是风光中，得如是名姝垂青，复感老人情极真朴，以为天壤间安得如是境域？实令生无从着思。猛忆老人垂纶之际，面带深忧极恨之色，意者老人其任侠之流欤？生此时心事乃如潮涌，于是正襟危坐，径问女曰："名姝何姓？地是何名？望有以见教也。"

女赧然良久，嘤然而呻曰："吾禀老父之命，未能遽答先生，幸先生容之。老父固有隐怀，先生善人，异日或有以奉述先生之前耳。昨日马上郎君，投止姨氏邻家，非先生也耶？"

生曰："诚不慧也。不慧奉母游名刹，不图失道至此，然母氏正乐是间风物。敢问名姝，昨日黄昏，何人诵陆机诗句者？名姝其或识斯人否？"

女闻生言，低首无语。生视女双涡已泛淡红，复视女两手莹洁如雪，衬以蔚蓝天色，殆天仙也。生自省唐突，乃回视前岸，渔灯三五，母氏已立堤畔。生启女曰："余母望余久，敬谢名姝棹我归来，不然，吾步行，母氏迟余矣。"女无言，但微哂。

此燕影生第一次与绝代名姝晋接之言，即亦吾书发凡也。

第二章

　　明日，晨曦在树，生复至老人许。老人遇生备极友爱，但仍絮絮向生言剑法。生生平未尝学剑，顾聆老人言，心动，跪求受业。老人思少间，慨然曰："诺！"于是出剑授生，循循诱掖。生奉老人惟谨。不觉木叶战风，清秋亦垂尽矣。

　　一日，女肃然谓生曰："吾闻人生哀乐，察其眉可知。然则先生亦有忧患乎？"

　　莺吭一发，生已泪盈其睫。女仰天而唏。已而出纤手扶生腰围，令坐于树根之上，低声曰："先生千万珍重！晨来见先生郁郁，是以不能无问，幸恕唐突耳。"

　　生闻言，不禁感动于怀，心念："此女肝胆照人，一如其父，匪但容仪佳也。然吾今生虽抱百忧，又奚可申诉于婴婴婉婉者之前？惟苍苍者知吾心事耳。尝闻老人言，此女剑术亦深造而神悟，兼有侠骨。斯人真旷劫难逢者矣。"生寻思至此，立坠于情网之中，不自觉也。

　　忽尔，老人偕一新客至生侧，谓曰："此吾弟，刚自外

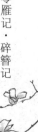

归。"生愕然，起立恭迎，微有怅触，揖而问之曰："长者似曾相识？"

其人亦长揖答曰："前此舟中卜者，忆念之乎？"

生始洒然有省，因叩行止。其人展掌笑曰："行时绝行迹，说时无说踪。行说若到，则埃生招箭；行说未明，则神锋划断。就使说无渗漏，行不迷方，犹滞漏在。若是大鹏金翅，奋迅百千由旬；十影神驹，驰骤四方八极。不取次哾啄，不随处理身，且总不依倚。还有履践分也无，刹刹尘尘是要津。"

生恍然大悦曰："得聆謦欬，实属前缘。舟中胡以吝教？"

其人骤执生手，喟然叹曰："良友，鄙人仰企清辉久矣！顾为罗网所隔。不忆江上吾屡欲与良友晤谈而未果耶？然吾既断彼伧右臂，今对良友可告无愧。彼伧者，耀武扬威、残贼人民之某将军也，姑隐其名，以存忠厚。今且语良友以吾何由知君高义干云、博学而多情者也。"

言次，出小影一幅示生曰："此君玉照，即曩日女郎临别亲授鄙人，且言曰：'此妾生生世世感戴弗忘之人，或因相遇，幸为口述，妾虽飘瞥，依然无恙；并为妾贡其诚款，或者上苍见怜，异日犹有把晤之期，报恩于万一，亦未可料。'女郎言已，泪如绠绯。鄙人故藏之。今兹女郎情愫已达君前，即此玉照亦敬以还君耳。"

生太息曰："甚矣哉，情网之冒人也！此女以无玷之质，生逢丧乱，遇人不淑，致令流离失所。然而哀鸿遍野，吾又何能一一拯之，使出水火之中耶？此女既云无恙，深感天心仁爱。复愿长者为言其详。"

其人抚膺续曰："昔黄帝有涿鹿之战，以定火灾；颛顼有共工之阵，以平水害；成汤有南巢之伐，以殄夏乱。至于任侠之流，为人排难解纷，亦所受于天耳。……"